KB188996

아파만 하기에는

날씨가 너무

좋아서

아파만 하기에는
날씨가 너무
좋아서

암 진단부터
마지막 치료까지
나답게 보낸 438일

추천의 말

＊

   이렇게 유쾌하고 의연하고 솔직할 수 있을까. 암 진단에 '죽음의 공포'를 느끼고, 감정의 소용돌이 끝에 현실을 받아들였던 내게 강현성 작가의 암 경험담은 또 다른 세계를 보여주었다. 압권은 '천하제일 암퀴즈왕 선발대회'. 초등학생과 중학생이던 두 아이에게 엄마의 병을 알리는 방식으로 그는 퀴즈 대회를 선택했다. 슬픔을 유머로 풀어내는 이 대목에서, 삶을 대하는 그의 태도가 얼마나 단단하고 따뜻한지 알 수 있었다.

   암 환자에게 '환자다움'을 강요하는 세상에서, 그는 암을 마주하는 모습 또한 저마다 다를 수 있음을 보여준다. 눈물로 시작해 눈물로 끝나는 천편일률적인 투병기가 아니다. 이 책은 무지갯빛처럼 다양한 암 환자의 세계로 안내하는, 실질적인 정보와 따뜻한 위로를 건네는, 든든한 친구 같은 책이다. 우리에겐 더 다양한, 더 많은, 암 경험자의 이야기가 필요하다.

양선아(한겨레신문 문화스포츠부 텍스트팀장)

추천의 말

✴

암은 삶을 멈추게 하는 병이 아니다. 저자는 유방암 진단 후에도 자신만의 방식으로 삶을 이어갔다. 주어진 시간을 두려움과 슬픔으로 채우는 대신, 더 단단하고 주체적으로 살아가며 삶의 의미를 다시 써 내려갔다. 우리는 흔히 '환자다움'이란 연약하고 수동적인 모습을 떠올린다. 그러나 저자는 그 틀을 단호히 거부했다. 치료 후 살사 댄스를 배우고, 배달 일을 하며, 사회복지사 자격증을 취득하며 '살아가는 법'을 멈추지 않았다.

이 책은 단순한 투병기가 아니다. 암이라는 거대한 파도 앞에서 어떻게 중심을 잡고 삶을 지속해나갈 것인지에 대한 기록이다. 저자의 유쾌하고도 솔직한 이야기 속에서 우리는 삶을 포기하지 않는 힘, 그리고 진정한 회복의 의미를 발견할 수 있다. 암을 마주한 모든 사람들에게, 그리고 삶의 예상치 못한 변화 앞에서도 의미를 찾아가길 원하는 모든 이들에게 이 책을 권한다.

신윤정(세브란스병원 외래간호팀장)

들어가는 말

틈틈이 휴대폰 메모장에, SNS에, 노트북에 기록을 남긴다. 매일 반복되는 평범한 일상 같지만, 어떨 땐 꼭 남겨두고픈 순간이 있기 때문이다. 특별한 경험, 문득 떠오르는 단상들, 그냥 흘려보내긴 아까운 시간들. 기록 속에는 나의 그날들이 고스란히 담겨 있다.

4년 전 책을 한 권 냈다. 몇 년간 해외 생활을 하며 경험한 것을 기록한 책이다. 그때 얻은 '작가'라는 타이틀에 뿌듯해하며 언젠가 펴낼 후속 작품에 대해 틈틈이 상상의 나래를 펼쳤다. 하지만 두 번째 책이 암 투병 경험으로 채워질 거라는 상상은 꿈에도 하지 못했다.

『아파만 하기에는 날씨가 너무 좋아서』에는 내가 유방암을 진단받은 2022년 가을부터 마지막 항암 치료를 받고 회사에 복직하기까지 2년여의 기록이 담겨 있다. 하지만 이 책을 한마디로 정의하기는 쉽지 않다. 유방암에 대한 지식서도 아니고, 슬기로운 투병 생활을 안내하는 가이드북도 아니다. 투병을 계기로 깨달음을 얻고 새로운 인생을 살게 됐다는 회고록은 더더욱 아니다.

이 책은 40대 여성이자, 회사원, 엄마, 그리고 아내로서 경험한 평범하고도 특별한 일상의 기록이다. 유방암 환자로서 맞닥뜨린 순간과 감정들이 많이 담겼지만 이마저도 살아가면서 누구나 겪을 수 있는 순간들일 뿐이다. 바람이 있다면, 이 책을 통해 나의 기록들이 누군가에게 가치 있게 쓰였으면 좋겠다는 것이다. 특히 유방암을 경험했거나 경험하는 중인 분들과 그 가족들에게는 조그마한 힘이라도 되었으면 좋겠다.

어느 모임에서 인생은 돌돌 말린 두루마리 휴지보다 차곡차곡 쌓인 갑티슈에 더 가깝다는 이야기를 나눈 적이 있다. 두루마리 휴지는 연속적이고 선형적인 구조로 어느 정도 예측이 가능한 반면 갑티슈는 남은 분량을 가늠하기 어렵고, 시작점이 보이지 않거나, 뭉텅이로 뽑혀 나오는 등 예측 불가능한 상황을 연출하기도 한다. 따라서 인생의 불확실성과 비연속성을 설명하기에는 갑티슈가 더 적절하다는 논리였다. 더욱이 갑티슈는 개별적인 조각들이 겹겹이 쌓인 형태로 한 장 한 장이 서로에게 영향을 미친다. 좋든 싫든 짧든 길든 서로에게 영향을 미치는 삶의 조각들과 닮았다.

삶을 이루는 조각들은 많다. 사춘기 때의 고민, 20대의 혈기, 30대의 꿈, 40대에 맞닥뜨리는 현실 등 나이에 따라 달라지는 특성. 학생으로서, 회사원으로서, 엄마로서, 딸로서, 친구로서 달리 갖는 역할과 책임감. 과거와 현재와 미래, 희망과 불안, 꿈과 현실 속에서 축적되는 경험과 철학……. 셀 수 없이 많은 조각들이 얽히고 겹치면서 인생 전체를 이룬다. 결코 환영할 만한 조각은 아니었지만 유방암 투병 경험은 이제 다른 조각들과 어우러지며 내 인생의 한 부분으로 남게 됐다.

이 책을 빌려 내 인생의 조각들을 구성하고 있는 모든 분들께 감사 인사를 드린다.

내 인생의 시작을 만들어주신 부모님과, 끝을 함께해줄 두 딸 소윤과 나윤, 그리고 한결같은 모습으로 언제나 그 자리에 있는 남편 김종욱 씨에게 무한한 사랑과 감사의 마음을 전한다.

　평소와 다름없는 모습으로 곁을 지켜준 친구들과 선후배님들, 휴직 기간 묵묵히 기다려주신 회사 동료 여러분들과 더 오래 함께하고 싶다. 치료 기간 내내 진심으로 완쾌를 빌어주셨던 신촌 세브란스병원 의료진 여러분들께 고개 숙여 감사 인사를 드린다. 그리고 인생 고비마다 든든한 뒷배가 되어주시는 임유미 선생님, 사랑합니다.

　개인적인 기록들을 묶고, 다듬고, 갈무리하여 독자들과 공유할 수 있게 해주신 나무옆의자 출판사에 고마움을 전한다. 책을 준비하며 편집진과 '기록의 가치'에 대해서 공감했던 순간이 떠오른다. 이 책을 읽는 모든 분들은 이제 그 가치를 공유하는 내 인생의 한 조각이다. 이 책이 독자님들의 삶에 공감과 위로의 한 장으로 자리 잡기를 희망한다.

2025년 봄

강현성

차례

Part 1. 진단과 치료 사이

Part 2. 죽어야 사는 여자

Part 1.

진단과 치료 사이

유방 수난기

나에게 넌, 너에게 난

나에게 가슴이란 그저 여성이기에 발달한 신체 부위, 가리기에 급급한 귀찮고 번거로운 애물단지 그 이상도 이하도 아니었다. 사춘기 시절 봉긋하게 가슴이 부풀어 올랐을 때도, 스무 살 꽃처녀 시절에도 내 가슴은 주인의 관심을 받지 못했다. 뜀박질을 하면 출렁이던 가슴은 아프기만 했고, 달라붙는 옷을 입으면 부각되던 가슴은 민망하기만 할 뿐이었다. 예쁜 속옷 하나 사줄 생각도, 마사지 한번 해줄 생각도 하지 못한 불쌍한 내 가슴.

관심 밖이었던 내 가슴은 태어난 지 30여 년이 지나서
야 모유를 만들어내며 비로소 존재의 이유를 드러냈다.
그러나 그것도 잠깐, 거침없이 부풀어 올랐던 가슴은 쓰
임을 다하고 나니 다시금 거침없이 쭈그러들었다. 탄력
없이 축 처진 가슴에게 나는 "할매 가슴"이라고 조롱하며
"너 때문에 목욕탕도 못 간다"고 모진 소리를 아끼지 않
았다.

평생 관심을 못 받았던 내 가슴은 아이러니하게도 이
제 남은 평생 온 관심을 독차지하게 됐다.

그저 달린 죄밖에 없던, 묵묵히 제 할 일을 다하면서도
홀대를 당하던 볼품없던 내 가슴이 병이 들어버리고 만
것이다.

만지고 느끼고 깨닫다

한창 더위가 기승을 부리던 2022년 8월 초, 샤워를 하는
데 왼쪽 가슴에서 단단한 멍울이 만져졌다. 하지만 생리
기간과 맞물린 시기라 대수롭지 않게 여겼다. 월경 중에
는 통상 가슴이 무겁고 단단해지기 때문이다.

8월 중순, 생리가 끝났음에도 멍울이 계속 만져졌다. 어

쩐지 조금 더 커진 것 같기도 했다. 오른쪽 가슴과 비교해 보니 비슷한 듯 조금은 다른 느낌이었다. (사실 비슷하다고 믿고 싶었던 걸 수도 있다.) 바쁘다는 핑계로 매년 6월경 받았던 건강검진을 건너뛰었는데, 겸사겸사 검진 날짜를 잡았다. 가장 빠른 검진 날은 10월 말이었지만 별일이야 있겠냐는 마음으로 일단 그때까지 기다려보기로 했다.

8월 말, 없어질 줄 알았던 왼쪽 가슴의 멍울은 여전했다. 오른쪽 가슴 상태와도 확연히 달랐다. 싸한 느낌에 동네 유방외과를 검색해 가장 가까운 날짜로 예약했다.

9월 5일, "확실히…… 뭐가 있네요." 가슴을 촉진하던 의사의 첫마디였다. 뒤이은 초음파 검사에서도 정체불명의 덩어리가 보였다. 그것도 하나가 아니라 둘이나.

"종양에는 양성종양과 악성종양이 있어요. 그런데 악성종양은 모양이 별로 안 좋아요. 이렇게 경계선도 불분명하고요. 조직검사를 한번 해보는 편이 좋겠어요. 내일 오전 첫 타임으로 예약 잡아드릴게요." 의사는 초음파 화면을 보며 조심스럽게 설명했다.

9월 6일, 종양이 위치한 왼쪽 가슴에 마취를 하고 조직 검사를 받았다. 거대한 조직검사용 기구를 종양 부위에

찔러 넣어 종양의 일부를 떼어 내는 시술이다. (기구로 조직을 떼어 낼 때 실제 순간적으로 총처럼 '탕' 하는 소리가 나서 '총검사'라고도 한다.) 가슴 두 곳은 참을 만했는데, 겨드랑이 부분은 어마어마한 고통이 수반됐다. 출혈도 꽤 있었고 시퍼렇게 피멍도 들었다.

조직검사는 외부 기관에 의뢰해야 하기 때문에 결과가 나오려면 2~3일 정도 소요되지만, 추석 연휴 때문에 기다림의 시간이 더 길어졌다. 의사는 실제 검사 결과가 나와봐야 알 수 있다며 말을 아꼈지만 모든 정황은 종양이 악성이라 가리키고 있었다. 매도 먼저 맞는 게 좋은데, 암인 듯 암 아닌 암 같은 종양을 몸에 지니고, 꼼짝없이 일주일을 버텨야 했다.

"암이 맞네요."

9월 13일, 오만 가지 생각에 잠 못 이룬 휴일을 보내고 드디어 맞이한 평일 저녁, 병원을 다시 찾았다. 이미 연휴 내내 마음의 준비를 해서인지 의사의 단정적인 말에도 크게 동요하지 않았다. 종양 두 개는 모두 악성으로, 겨드랑이 쪽 조직은 악성이 아니라는 결과가 나왔지만 정확한 건 '째봐야' 안다고 했다. 현재로서는 전이가 없고, 사이즈는 3cm 정도*이니 기수로 치면 2기**라고.

뒤이어 통상적인 치료 방법, 중증 환자 등록 및 혜택, 검사 결과 및 의뢰서 발송을 위한 상급병원 선택의 필요성 등을 안내받았다. 그저 멍할 따름이었다.

병원을 나서 동네 어귀의 고급 한식당으로 향했다. 출퇴근길에 항상 지나쳐 다니는 곳이었지만 높은 가격 때문에 그동안 감히 갈 엄두를 내지 못했던 장소였다. 한창 물오른 가을 전어와 함께 막걸리 한 병을 시켰다. 술과 함께 하는 마지막 만찬이라 생각하니 조금은 울적했다. 홀로 술잔을 기울이며 생각했다. '죽지는 않겠지 뭐.' 웬일인지 담담했다.

---

* 종양이 여러 개일 경우 큰 종양을 기준으로 기수를 정한다.

** 종양 크기가 2~5cm이고 전이가 없거나 심하지 않을 경우 2기에 해당한다.

————

고작 점 하나
차이일 뿐인데

인생의 동반자 염炎, 인생의 위협자 암癌

직장인이라면 위염, 여자들의 친구 질염, 코찔찔이 비염, 간질간질 눈곱이 끼면 결막염, 입안이 까끌까끌 구내염, 화장실 가기가 두려운 방광염, 인생의 겸손함을 배우는 장염, 간지럽고 따가운 피부염……

　다양한 이름으로 몸 여기저기에 생겼다가 없어지는 걸 반복하는 각종 '염'들. 귀찮고 괴롭긴 해도 길어야 일주일 치 약을 먹거나 주사를 맞고 안정을 취하면 자연스럽게 사라지는 증상들이다. 반면 '암'이라는 단어는 사뭇 무겁고 위협적이다. '암'이라 쓰고 '죽음'이라 읽히는 것도 아 닌데 암이라는 말을 들으면 왜 무섭게만 느껴지는 걸까?

암에 걸린다고 대부분 죽던 시절은 지났다. 2001년 ~2005년 54.2%에 불과했던 암 환자의 상대생존율(이하 생존율)[*]이, 최근 5년(2018~2022년)에는 72.9%로 크게 개선됐다.^{**} 세계 최고 수준이다. 특히 위암, 대장암, 자 궁경부암의 생존율은 각각 70% 이상으로 OECD 국가 중 1위를 차지한다.^{***} 다양한 치료제/방법의 개발, 실 력 있는 의료진과 병원, 국가 암 검진 시스템 덕분이다.

그러나 여전히 사망률 1위 자리를 굳건히 지키는 것 도 암이다. 2023년 우리나라 사망자 35만 명 중 암으로 사망한 사람은 총 8.5만 명으로 전체 사망자^{****} 수의 약 24.2%를 차지한다. 사망 원인 2위인 심장질환보다 두 배 이상 높은 수치다. 그뿐인가. 살기 위해 받는 항암 치료는 딱 죽지 않을 만큼의 고통을 선사한다. '암=죽음'이라는

---

* 일반인과 비교하여 암 환자가 5년간 생존할 확률을 의미.
** 2022년 국가암등록통계 발표(보건복지부, 2025. 1. 2).
*** 주요 암의 5년 순 생존율 국제 비교('10~'14), 국가암정보센터.
**** 2023년 사망 원인 통계 결과(통계청, 2024. 10).

인식이 생길 수밖에 없는 이유다.

야 너두? 야 나두!

"사실 우리 엄마도, 시누이도, 올케도, 사촌 언니도, 옆집 아줌마도, 친구의 친구도, 회사 동료도, 거래처 부장님의 아내도……."

지인들에게 암 투병 사실을 밝힐 때마다 십중팔구 '내가 아는 사람'의 유방암 경험담이 이어지는 굉장히 신기한 경험을 했다. 우리나라 국민 20명 중 1명은 암 유병자라는 통계가 있긴 하지만 여태껏 내 주위에는 운 좋게 건강한 사람들만 있는 줄 알았는데…… 암 중에서도 유방암 경험자가 이렇게나 많았다니!

2022년 기준 암 유병자*는 약 259만 명이다. 이 중유방암 유병자는 약 33만 명이나 된다. 유방암 대부분이 여성에게 발생하니 우리나라 전체 인구 약 5천 1백만명 중 절반인 2천 550만 명이 여성이라고 가정하고 단순

---

* 1999년 확진 이후 2022년까지 치료 중이거나 완치된 자.

계산해보면 1%를 훌쩍 넘는 수준이다. 즉 여성 100명 중 1명은 유방암 유병자라는 것이다. (드라마 〈질투의 화신〉의 주인공 조정석과 같이 드물게 남성이 유방암 진단을 받는 경우도 있다. 전체 유방암 환자의 약 0.5% 정도다.)

폐경 전후인 40~50대 여성의 유방암 발병률을 감안했을 때 '아줌마'들이 걸릴 확률은 좀 더 높다. 엄마가, 시누이가, 올케가, 친구가, 옆집 아줌마가, 부장님 아내가 유방암에 걸렸다는 소식이 들려올 수 있는 것이다.

우리가 잘 아는 유명인이나 연예인이 암 투병 사실을 밝히는 경우도 종종 접하게 된다. 암, 암, 암…… 생각보다 가까이에서, 그리고 많은 이들이 경험 중이었던 것이다.

유방암 발병 건수는 매년 늘고 있다. 1999년 5,880명에 불과했던 유방암 신규 발병자 수가 2005년 1만 명(정확히 10,324명)을 돌파하더니 2010년 14,748명, 2015년 19,426명, 그리고 2022년에는 29,528명을 기록했다. 2만 9천 명이면 잠실 야구장의 전체 좌석 수(25,000개)보다도 4천 명이 더 많고, 4호선 미아역의 일일 이용객 수(29,642명)*에는 조금

---

* 2024년 12월 서울교통공사 수송 실적.

못 미치는 수준이다.

안타깝게도 유방암을 포함한 암 발병률은 점점 높아질 전망이다. 보건복지부의 2022년 국가암등록통계에 따르면 한국인이 기대수명인 82.7세까지 생존할 경우 암에 걸릴 확률은 38.1%나 된다고 한다. 고령화 속도를 고려하면 발병률은 더 빨리, 더 높아질 가능성이 크다.

흔하다고 가벼운 건 아니다

젊으나 늙으나 결국 우리나라 국민 중 3명에 1명은 암에 걸릴 것이다. 암 유병자 10명 중 7명 이상은 생존한다. 그러나 10명 중 2명 이상은 암 때문에 죽는다. 맘 편히 생각하기엔 말 그대로 '치명적'이다.

유방암의 평균생존율은 94.3%나 된다. 그러나 아무리 생존율이 높다 한들 유방암으로 죽는 사람들 수도 간과할 수 없다. 전이가 되는 순간 생존율은 49%로 뚝 떨어지기 때문이다. 특히 유방암은 20~30%의 높은 재발률을 자랑한다. 죽지는 않을지라도 항암 치료를 반복해야 한다는 건 정말 끔찍한 일이다.

생존율이냐, 사망률이냐, 재발률이냐…… 어느 편에

더 무게를 실어주든 '암'이란 놈은 '염'과 비교할 수 없을 정도로 아주 독하고 나쁜 존재임에는 틀림없다. 우리 사회의 '암'적인 존재들은 있어도 '염'적인 존재는 없지 않은가. 혹자는 생존율이 높은 특정한 암을 두고 '착한' 암이라고 표현하고, 요즘은 암에 걸려도 죽는 시대가 아니라며 위로 같지 않은 위로의 말을 건네기도 하지만 흔하다고 가벼운 건 아니다. 죽지 않는다고 대수롭지 않은 건아니다. 암은 암만해도 싫다.

그 누구의 탓도 아닌

부정에서 수용까지

미국의 정신과 의사 퀴블러 로스는 『죽음과 죽어감』이라는 저서에서 죽음을 받아들이기까지 부정과 고립-분노-타협-우울-수용이라는 다섯 단계를 거친다고 했다.[*]

비단 죽음뿐만 아니라 그에 준하는 슬픔이나 고통을 마주한 이들이 흔히 겪게 되는 심리 상태에도 동일한 단

---

[*] 엘리자베스 퀴블러 로스, 『죽음과 죽어감』, 이진 옮김, 청미, 2018.

계가 적용될 것이다.

이를테면 암을 진단받은 사람은,

"아닐 거야! 검사 결과가 잘못됐을 거야!!"라는 부정
denial으로 시작해,

"아니 왜 내가!! 내가 뭘 잘못했다고!!" 분노anger하다가,

"내가 너무 인스턴트 음식을 많이 먹어서 그렇나? 마음을 더 곱게 쓸걸······" 과거를 되돌아보기도 하다가(타협bargaining),

"근데 안 나으면 어떡하지, 죽으면 어떡하지, 병약한 나, 하찮은 존재······"라면서 자기 연민과 우울depression에 빠지고 난 후에야

"그래, 나는 누가 뭐래도 암 환자야. 치료를 잘 받아야겠다"라고 수용acceptance한다는 것이다.

그러나 포기가 빠른 나는 이 과정을 거의 거치지 않고 바로 수용 단계로 뛰어넘었다. (물론 기억의 왜곡일 수도 있다.)

뭐 어쩌겠는가. 부정한다고 검사 결과가 바뀌는 건 아니고, 분노한다고 암 덩어리가 없어지는 것도 아니고, 타협한다고 검사 전 몸 상태로 바뀌는 건 더더욱 아닌데 말이다. 다만 우울의 단계를 잠시 거치며 암 발병 원인을 찾아보려 한 것 같긴 하다.

내가 암이라니

(전략) 타고난 성정은 바꿀 수 없지만 누구든 성장은 할 수 있다는 믿음을 가지고 있습니다. 그리고 성장은 어느 시점에서 끝나는 게 아니라 계속된다고 믿습니다. (후략)

전 직장 동료들에게 이직 인사를 하며 '성장'에 대해 언급한 적이 있다. 내 몸에 암 덩어리가 성장하는 줄도 모르고 저렇게 해맑게 인사를 남겼다니.

대부분의 암이 그러하듯이 유방암도 발병 원인을 확실하게 규명하기는 어렵다. 다만 유방암을 유발할 수 있는 위험인자로는 비만, 음주, 방사선 노출, 유방암 가족력 등이 있다. 이른 초경, 늦은 폐경, 폐경 후의 장기적인 호르몬 치료, 모유 수유를 하지 않거나 늦은 첫 출산 연령 등은 여성 호르몬 변화의 원인으로 꼽히기도 한다.

하지만 이 중 나에게 해당되는 요인은 겨우 두어 개뿐이었다. 가족력도 없고, 호르몬 치료는 물론 호르몬 관련 영양제도 먹은 적이 없다. 진단 당시 나이는 겨우 40대 초반으로 폐경 시기는 아직 도달하지 않았고, 초경은 오히려 조금 늦은 편이었다. 첫 아이 출산 연령은 만 27세로 요즘 기준에서는 매우 빠른 편에 속하고, 길진 않지만 두 아이 모두 모유 수유도 했다. 키가 크고 뼈대가 굵어 기골 장대하지만 결코 비만이었던 적은 없다.

기껏해봐야 유방암이 가장 많이 발생하는 연령대인 40대라는 점, 그리고 음주를 꽤나 즐겼다는 사실뿐인 데…… 술 좀 마셨기로서니 암이 생겼다고는 믿고 싶지 않다. 음주가 원인이라고 하기에는 수많은 멀쩡한 나의 술친구들을 설명할 방법이 없지 않은가.

만병의 근원, 스트레스

암의 원인을 따지면 따져나갈수록 의문만 남는다. 정말 원인이 없었을까? 그저 운이 나빴다고 넘겨버리기에는 조금 억울하기도 하다.

굳이 몇 년 전으로 거슬러 올라가 내가 보냈던 폭풍 같은 시기를 떠올려봤다. 영 적응하기 어려웠던 외국 생활, 엎친 데 덮친 코로나. 온 세상과 격리되어 철저히 혼자였던 그 시기, 아마도 불행의 씨앗이 싹트기 시작한 건 그때부터가 아니었을까.

지루한 외국 생활을 정리하고 한국에 돌아와 장밋빛

생활을 기대했지만 현실은 결코 쉽지 않았다. 몇 년간 쉬었던 회사에 복직을 했고, 오랜만에 시작한 일은 정말 재밌었으나, 적응 좀 하려는 찰나 또 이직을 하게 됐다. 그동안 아이들을 돌보는 문제는 별개로 터져 나왔다. 새로 이사 온 동네에는 맘 붙일 곳이 없었고, 그건 아이들도 마찬가지였으리라. 다양한 사정으로 1년 사이에 이모님이 세 번이나 바뀌었다. 그 와중에 친정 엄마는 우울증으로 고생했고, 아빠는 급성간염으로 사경을 헤맸다. (다행히 지금은 회복되셨다.) 더욱이 이 모든 과정을 혼자 겪어야만 했다. 내 편이 되어야 할 사람은 여전히 외국에 머물고 있었고 나의 상황과 기분을 충분히 헤아려주지 못했다.

잘 헤쳐나갔다고 스스로 토닥였지만 힘들지 않았다면 거짓말이다. 솔직히 너무너무 힘들었다. 시나브로 쌓인 스트레스가 암이라는 형태로 바뀐 게 아니었을까. 여러 가지 요인 중 가장 그럴듯한 발병 원인이다.

너의 잘못이 아니야

일개 범인凡人으로 남 탓을 하고 싶은 못난 마음이 들 때도 많다. 하지만 언젠가부터 지나간 일을 후회하지 않(으

려 한)는다. 남 탓을 해도, 후회를 해도, 울어보아도 내가
암 진단을 받았다는 사실은 변함이 없기 때문이다. 반대
로 '암 덕분에 제가 더 행복해졌어요'라며 부러 긍정 코스
프레를 할 생각도 없다. '몸 관리'를 하지 못한 내 자신을
탓하고 싶은 생각은 더더욱 없다. 다만 현재에 충실하며
더 나은 미래를 위해 헤쳐나갈 뿐.

스트레스로 잔뜩 꼬여버렸던 몸과 마음과 시간과 관계
가 서서히 풀려간 건 아이러니하게도 반강제적으로 주어
진 휴식 시간이 시작되면서부터다. 암 덩어리가 서서히
사라지면서 조금씩, 모두가, 모든 게 제자리를 찾고 있다.

지금은 죽기
좋은 날이 아니야

상가喪家엘 다녀왔다. 내 나이가 드는 것도 서러운데 주위의 부모님들이 돌아가시기까지 한다. 오랜만에 만난 늙어버린 엄마, 아빠께 괜한 어깃장을 놓았다. 영정 사진은 뭘로 해드릴까, 장례는 어떻게 치를지 생각해보셨냐, 단돈 천 원짜리 한 장 가지고도 분란이 생길 수 있는 게 자식들이다, 자꾸 나눠줄 게 없다고만 하지 말고 미리 정리해놓으시라니까.

또래인 친구나 선후배 본인상을 마주하는 안타까운 경우도 있다. 이런 상황이 더 이상 드물지 않다는 사실이 더 암울하다. 자식을 먼저 앞세운 부모님, 아직 한창 크는 중인 아이들, 순간순간을 억지로 버틸 배우자들의 얼굴을 보기가 힘들다. 상을 당한 가족들에게서 자꾸 내 가족들의 얼굴이 겹쳐 보인다.

"죽지는 않죠?"

어렵게 조직검사 결과를 말하는 의사 선생님께 명랑하게 물었다. 대답을 원한 건 아니다. 암이어도 죽지 않을 거라는 다짐이자 믿음이다.

그 많은 신체 부위 중에 유방이라니, 그나마 다행이다. 이제 더 이상 할 일이 없는 가슴은 그냥 떼어버리면 그만 아닌가. 심각성이 쉬 와닿지도 않았다. 무언가 단단한 게 만져질 뿐, 눈에 보이지도 않고, 먹고 마시는 데, 움직이는 데, 생각하는 데는 아무런 지장이 없다. 하물며 죽기라도 할까. 검사 결과를 직접 보고, 듣고서도 믿기지 않았다.

어디가 아프냐는 질문에는—치료가 거의 끝나가는 지금까지도—쉽게 대답하기가 어렵다.

"암이래. 근데 아프진 않아.", "안 아픈데, 오히려 치료를 시작하면 좀 아프지 않을까.", "음…… 아직은. 앞으로 아파질까 봐 치료 중이야."

"응, 아파. 암이야"라는 담백한 대답을 두고 몇 마디 더 붙이는 건, 정말 안 아파서 그렇다. 오묘한 유방암 같으니라고. 그러나 아무렇지 않다고 아무렇게나 그냥 둔다면 암세포는 자라나 폐와 간과 뼈와 뇌로 전이가 되겠지. 그럼 정말 죽어버리겠지.

어제의 나와 오늘의 나는 분명 같은 나인데, 암 진단과 함께 어느새 죽음은 내게 바짝 다가왔다. 조금은 두려웠다.

"엄마는 159살까지 살 거야."

100살은 너무 진부하고, 80살은 너무 적다. (2021년 기준 40세 여성의 남은 기대수명이 47.4년[*]이라는데, 그 이상은 살아야 덜 억울할 것 같다.) 120살에 가자니 그땐 아직 우리 아이들이 100세에도 못 미친 어린(!) 나이이다. 너나 나나 다 늙은이가 되어 서로 홀홀거리며 실없는 농담을 하다가 누가 먼저 가도 더 이상 슬프지 않으려면 내가 159살[**]

---

[*] 통계청 2021년 생명표.

[**] 기네스에 오른 최고령은 프랑스의 루이스 할머니로 사망 당시 나이가 122세였고, 그다음으로는 일본의 가네 할머니(119세), 현재 생존해 있

정도는 되어야 하지 않을까. 주책이라고 느껴도 상관없다. "엄마는 159살까지 살 거니까 걱정하지 마." 혹시라도 아이들이 두려워할까 자신만만한 목소리로 기대수명을 말해본다.

죽음은 탄생과 함께 누구에게나 공평하게 찾아오는 삶의 한 부분이다. 그러나 막상 초월하기는 어려운 일이다. 탄생은 내가 선택할 수 없었지만, 세상을 떠나는 것만큼은 내 의지를 반영하고 싶다. 이왕이면 아이들이 더 이상 엄마의 품을 찾지 않을 때, 충분히 슬픔을 이겨낼 수 있을 때 떠나고 싶다. 아이들 핑계를 대지만 사실은 내가 더 살고 싶기 때문이리라. 죽은 후에도 내 영혼은 자유롭게 구천을 떠돌 수도 있겠지만, 육신 없는 영혼이 다 무슨 소용이람.

"비디오게임에서는요, 다른 사람이 죽으면 게임이 계속되는데 내가 죽으면 게임이 종료되잖아요? 인생은 그런 것 같아요."***

는 최고령은 스페인의 마리아 할머니로 겨우(!) 115세다. 거참 이거 잘하면 기네스에도 오르겠군…….

*** 이성진 연출, 〈성난 사람들(원제 BEEF)〉 2화, 넷플릭스, 2023.

넷플릭스 드라마 〈성난 사람들〉의 폴의 말처럼 내가 죽으면 게임 끝이다. 이왕 태어난 거 조금 더 놀다 가고 싶다. 사랑하는 이들을 더 보고 더 만지고 더 끌어안고 싶다. 아아. 나에게 이렇게 삶의 의지가 충만한 적이 있었던가.

암튼 지금은 죽기 좋은 날이 아니야.

암에 걸리는 것보다
더 지랄 맞은 일

이보다 어려울 수 없는, 암밍아웃

커밍아웃coming out은 본래 성소수자들이 본인의 성지향
성을 남들에게 알리는 것을 의미했으나, 요즘에는 무언
가 꺼려지는 것을 공개적으로 밝히는 경우를 통칭한다.
암 환우들은 암과 커밍아웃을 결합한 '암밍아웃'이라는
말로 암 진단 사실을 밝힌다. 커밍아웃이나 암밍아웃이
나, 죄지은 것도 아닌데 쉽게 말이 꺼내지지 않는 건 매한
가지다.

　　조직검사 후 암을 진단받기까지 일주일, 암을 진단받

왔으나 '큰 병원' 진료를 위해 대기하는 보름, 큰 병원에
서 상담을 마치고 MRI, CT, 뼈스캔, 초음파 등 각종 검사
를 하는 데 또 일주일, 암의 아형 兒形, subtype과 그에 따른
치료 계획이 나오기까지 또 다른 일주일. 조직검사를 받
았더라도 아무것도 모르는 채로 한 달 이상을 그저 흘려
보내야 한다. (수술을 먼저 하는 경우라면 수술대에 올라가기
까지 또다시 한 달 남짓한 기간을 기다려야 했겠지만, 나의 경
우 다행히(?) 항암 치료를 먼저 하게 되어 기다림의 시간이 다
소 줄어들었다.)

만약 이 시기에 커밍아웃을 한다면, 예상되는 대화의
흐름은 다음과 같다.

"나 암이래." "아이고, 어떡해. (& 대충 위로의 말) 수술
은 언제야?" "몰라." "항암 치료도 해야 하는 거야?" "몰
라." "치료하는 데 얼마나 걸려?" "몰라." "방사선 치료도
해야 하는 거야?" "몰라."

아무리 많은 질문을 해도 답은 "몰라" 한 가지뿐이다.
대화를 나눌수록 답답해지는 건 기분 탓만은 아니다.

아마도 암 환자들이 가장 마음 졸이며 보내는 시기가
바로 이 '암인 듯 암 아닌 암 같은' 때일 것이다. 태초의 혼
돈과 같은 어둠 속에 던져진 느낌이랄까. 어두운 그곳에

서 날 살려줄 동아줄을 기다리는데, 어디서 내려올지도, 줄은커녕 여기서 나갈 수 있을지 없을지조차 모르는 불안한 상태다. 말은 못 하고 생각만 많아진다.

가장 답답한 건 난데, 말을 하지 않으니 주변 사람들도 답답해한다. 그 잘 먹던 아이가 갑자기 표정이 어두워지고 식음을 전폐하더니, "으이구, 술 좀 작작 마셔요"라는 갈굼을 멈추고 "마실 수 있을 때 마셔요"라며 세상 시니컬한 입장을 고수하기 시작했기 때문이다.

행복은 나눌수록 커지고, 불행은 나눌수록 줄어든다지만, 사실은 행복은 나눌수록 질시받고, 불행은 나눌수록 입방아에 오르기 쉬운 게 진리가 아니겠는가. 숨길 건 아니지만 자랑할 것도 못 되므로, 무엇보다도 쏟아질 질문 폭탄에 대처할 방법이 없었으므로, 나는 최소한의 사람들에게만 조용히 '암밍아웃'하기로 했다.

미우나 고우나 남편은 이 사실을 알아야 할 가장 첫 번째 사람이었다. 혼자서 조직검사를 받고 집에 돌아와 사실을 털어놓았다. 결과가 나오기 전이었지만 높은 확률로 악성일 거라 했더니 '아닐 거야. 결과는 나와봐야 알지'라고 애써 부정하며 별말 없이 재택근무를 이어갔다. 모르지 뭐. 아무도 모르는 데 가서 혼자 울었을지도.

두 번째 커밍아웃 상대는 학부형으로 만났지만 이내 술친구가 된 동네 언니였다. 병원 소개부터 마음의 위로까지 아낌없이 도움을 주었다. 이 언니도 어머니를 유방암으로 잃은 경험이 있다.

세 번째는 나와 너무 달라 내가 너무 좋아하는 20년 지기 친구였다. 위스키 바에서 만난 그녀는 키핑해놓은 위스키를, 나는 버진 피나콜라다를 마셨다. 이제는 술을 못먹게 됐다고 고백했더니 나를 꼭 안아주었다.

회사 사람들에게 털어놓는 건 오히려 간단했다. 치료를 위해 병상 휴직을 신청했고, 그에 필요한 아주 소수의 사람들에게만 담담히 이유를 말했다. 여러분, 잠시 동안 안녕. 돌아올 때까지 제 책상을 잘 지켜주세요.

대략적인 치료 계획이 나온 이후에는 서서히 여러 사람들에게 털어놓기 시작했다. 암이라는 병이 서로에게 있어서 어떠한 장애로도 작용하지 않을 사람들에게, 마음을 나눌 수 있는 친구들에게만 차분하게.

부모에게 암에 걸린 자식이란

세상에서 나이 열여섯에 암에 걸리는 것보다 더 지랄 맞은 일이 딱 하나 있는데, 그건 암에 걸린 자식을 갖는 거다.[*]

내 나이 비록 열여섯은 아니지만, 이 부분은 매우 깊이 공감하지 않을 수 없었다. '암'이라는 단어는 곧 죽음으로 연결되어 상상 이상의 공포를 안겨준다. 더욱이 자식이 암에 걸렸다고 했을 때 부모님의 반응은 어떠하겠는가. 자식을 앞세울 수도 있다는 두려움이 덜컥 들 수밖에 없을 거다. 이만한 불효가 또 어딨겠는가.

언제 어떻게 말씀을 드려야 충격이 덜할까, 고민에 고민을 거듭하는데 의외로 고민은 싱겁게 끝났다. 믿었던 큰딸로부터 아웃팅outing[**]을 당했기 때문이다.

몸이 좀 안 좋을 뿐 별일은 없다며 말을 아끼는 내가 하도 수상했던 우리 엄마는 나 대신 손녀를 추궁했다. 그리

---

[*] 존 그린, 『잘못은 우리 별에 있어』, 김지원 옮김, 북폴리오, 2019, 12쪽.
[**] 자신의 사회적 신분social status 또는 성향이 타인에 의해 강제적으로 폭로되는 일.

고 해맑은 우리 큰딸은 아무렇지도 않게 내가 암을 진단
받았음을 그대로 고해버렸다.

한달음에 우리 집으로 달려온 엄마에게 나는 "우리 집
에 꿀단지를 숨겨놨나…… 왜 남의 집에 말도 없이 막 오
고 그래"라며 모르는 척 말을 건넸고, 엄마는 "다 알고 왔
으니 딴소리하지 말아라, 왜 말을 하지 않았느냐"며 안타
까움에 나를 타박했다.

뒤이어 "언제 수술하는데?" "몰라." "항암 치료도 해야
하는 거야?" "몰라." "치료하는 데 얼마나 걸려?" "몰라."
"방사선 치료도 해야 하는 거야?" "몰라"로 이어지는 답
답한 대화가 한 바퀴 돈 후에야 서로 몰라서, 모르게 해서
불안했던 마음은 비로소 한 꺼풀 해소됐다.

"아니, 왜 다 모른대?"

"모르니까 모르지. 그러니까 계획이 나오면 말할라 그
랬지. 아, 거참 노인네 성격은 급해 가지고……."

"병원은 또 언제 가는데?"

"다음 주."

"같이 가줄까?"

"아니."

"뭐 필요한 거 있으면 얘기해라."

"응."

"……."

"엄마, 나 안 죽으니까 걱정 마."

"그래."

천하제일 암퀴즈왕
선발대회

인생을 살면서 슬픈 이야기를 하는 방법은 여러 가지를
고를 수 있고, 우리는 우스운 방법을 골랐다.[*]

부모님만큼이나 암을 고백하는 게 어려웠던 대상은 아
이들이었다. 당시 중학교 1학년과 초등학교 2학년이었던
두 아이. 암 소식을 접하면 사춘기에 접어든 첫째가 우울
해할까 봐, 어쩌면 엇나갈지도 모른다는 생각이 들었다.
또 열 살도 안 된 둘째가 두려움에 사로잡힐지도 모르는
일이었다. 혹시라도 자기들이 말을 안 들어 엄마가 암에
걸렸다는 자책감이라도 들면 어떡할 것인가. 그 누구의

---

[*] 존 그린, 『잘못은 우리 별에 있어』, 김지원 옮김, 북폴리오, 2019, 222쪽.

잘못도 아닌데.

어느 주말, 아이들과 점심을 먹다가 어떤 영화 이야기가 화두에 올랐다. 영화 제목은 기억나질 않지만, 권선징악에 충실한 히어로물이었던 것 같다. 기회는 찬스다. 그 뻔한 이야기를 이어가기 시작했다.

"영화에서는 대부분 엄청 센 빌런이 등장하잖아, 그래서 처음엔 주인공이 속수무책으로 당하기도 하고. 그래도 결국에 죽는 건 나쁜 놈이지?"

"맞아 맞아."

"사실 엄마 몸에도 영화에서처럼 빌런 같은 세포가 등장했어. 조금은 센 놈이라 치료하면서 많이 아프기도 할 테지만, 결국은 이겨낼 거야. 엄마는 주인공이니까." (좋아…… 자연스러웠어.)

"오오— 그래. 알았어. 근데 그 병이 이름이 뭐야?"

"음…… 암이라는 녀석이야."

"아하."

아이들에게 하는 커밍아웃은 생각보다 싱겁게 끝났다. 그러나 정작 항암 치료가 시작되면 부작용에 시달리는 엄마를 마주할 테고, 마음의 동요가 생길지도 모르는 일이었다.

불안한 마음과, 한편으로는 가족의 이해와 배려를 바라는 마음을 모아 '암밍아웃, 그 두 번째 시간'을 마련했다. 이름하여 '천하제일 암퀴즈왕 선발대회'!

유방암 바로 알기, 진실 혹은 거짓

인터넷을 뒤져 적절한 그림과 정보로 문제를 만들어 파워포인트 서른여덟 장을 채웠다. 정답 하나당 1천 원을, 참여만 해도 5백 원이라는 높은 상금을 걸어 도전 정신을 고취시키는 것도 잊지 않았다.

여성의 아름다움과 가슴의 자유를 의미하는 '핑크리본'에 대한 설명을 시작으로, 파트 1은 가벼운 몸풀기 퀴즈로 구성했다. 예 혹은 아니요를 고르는 문제들이다. 독자님들도 함께 풀어보시길 바란다.

---

1. 유방암은 남자들도 걸릴 수 있다?

답은 예.

유방암은 유방이 있는 남성과 여성 모두에게 발생할 수 있다. 남성 유방암 환자는 전체 유방암 환자의 0.5% 정도로, 60대에서 많이 발생한다. 남성 유방암의 원인은 유전, 호르몬 불균형 등이 지목된다.

2. 유방암에는 0기도 있다?

답은 예.

0기는 비침윤성 유방암 또는 상피내암으로도 불린다. 암세포가 유관이나 소엽의 기저막을 침범하지 않아서 상피내에 국한된 경우를 뜻한다. 쉽게 말해 '아직 제자리에 머물러 있는' 암이라고 보면 된다. 0기 유방암은 5년 상대생존율이 100%에 가깝다.

3. 암에 걸리면 죽는다?

답은 아니요.

암마다 생존율이 다르지만, 전체 암 확진자의 5년 상대생존율(2015~2019)은 70% 이상이다. 5년이 지난 후에도 10명 중에 7명은 생존한다는 의미다. 유방암의 경우 5년 상대생존율은 93.6%에 달한다. 죽는 사람보다 사는 사람이 더 많다. 얘들아 엄마 안 죽어.

4. 여성 암 중에 가장 흔한 암은 유방암이다?

답은 예.

2016년, 유방암은 갑상선암을 제치고 여성 암 1위로 등극한 바 있다. 국가암등록통계에 따르면 2020년 신규 발생한 여성 암 환자는 11만 7천 명, 이 중 유방암은 약 21.2%로 1위를 차지한다. 갑상선암-대장암-폐암-위암-췌장암이 뒤를 이었다. 참고로 2020년 신규 발생 남성 암 환자 수는 13만 명으로 여성보다 조금 많다. 발병 건수는 폐암-위암-전립선암-대장암-간암-갑상선암 순이다.

퀴즈를 풀다 보니 분위기가 점점 고조됐다. 고성이 오가고 탄식이 들린다. 염불보다 잿밥이라고 높은 상금 때문인지도 모르겠다. 이제 두 번째 파트로 넘어갈 시간이다. 바로 '엄마의 유방암, 도대체 어떤 놈이길래' 코너다. 난생처음 보는 의학 용어들, 알쏭달쏭한 보기들로 가득 채워졌다. 난이도가 꽤 높지만 맞히기만 한다면 짭짤한

상금을 거둘 수 있다. 참가자들의 건투를 빌며 두 번째 퀴즈가 시작됐다.

---

1. 엄마에겐 왜 유방암이 생겼을까요?

1) OO(첫째)가 공부 안 해서 스트레스 받아서

2) ㅁㅁ(둘째)가 땡깡 부려서 스트레스 받아서

3) △△(남편)이 말 안 들어서 스트레스 받아서

4) 회사 일 때문에 너무 스트레스 받아서

5) 유전 때문에

6) 운이 나빠서

첫 문제부터 난제다. 온 가족이 동공 지진을 일으켰다. 답이 여러 개일 것 같지만 정답은 한 개뿐이다. 만약 보기에 '전부 다'라는 항목이 있었다면 더 헷갈릴까 봐 일부러 뺐다. 답은 6)번. 혹시 모를 가족들의 자책감, 죄책감을 덜어주려는 목적의 문항이었다.

2. 엄마의 암은 어디에 있을까요?

1) 왼쪽 가슴

2) 오른쪽 가슴

3) 양쪽 다

4) 양쪽 다 + 겨드랑이 림프절까지 전이

정답은 1)번 왼쪽 가슴.

태생적으로 왼손잡이라서 그런지 유난히 신체 왼쪽에 사건 사고가 많이 생기는 편이다. (어렸을 때 억지로 교정당한 케이스로, 이제 대부분 오른손을 사용하지만 아직도 힘쓰는 건 왼손이 더 편하다.) 초등학생 때는 왼쪽 셋째 발가락이 골절된 적이 있고, 중학생 때는 왼쪽 셋째 손가락이 찢어졌다. 대학생 때는 왼쪽 엄지발톱이 빠졌고, 회사 입사하자마자 불의의 사고로 왼쪽 장딴지를 20바늘이나 꿰맨 적도 있다. 유방암도 왼쪽 가슴에 발생했고, 항암 부작용인 부종도 왼쪽 다리가, 시력 저하도 왼쪽 눈이 더 심했다.

3. 엄마 암의 사이즈는?

이번 문제는 주관식으로, 오답률이 가장 높았다.

왼쪽 가슴에 위치한 암 덩어리는 총 2개이며, 각각 3센티, 1센티 길이다.

4. 엄마 암의 종류는?

1) 호르몬 양성

2) 허투HER2 양성

3) 삼중 양성

4) 삼중 음성

유방암이라고 다 같지 않다. 호르몬 수용체, HER2(허투)라는 단백질 수용체 발현 정도에 따라 호르몬 양성, 허투 양성, 삼중 양성, 삼중 음성으로 나뉘고 그에 따라 치료 방법도 달라진다. 나의 경우 공격성이 매우 높은 허투 양성 유방암이다. 허투 양성은 전체 유방암 환자의 약 20%를 차지한다.

정답은 2).

5. 엄마가 현재 받고 있는 치료는?

정답을 '전부 고르라'는 약간 까다로운 문제였다. 보기로는 수술적 치료, 방사선 치료, 내분비요법, 항암 화학요법, 표적 치료, 그 외 약제가 제시되었다.

암 표준 치료법은 크게 수술-약물(항암제)-방사선으로 구성된다. 수술로 종양을 들어내고, 항암으로 잔존 암세포를 죽이며, 방사선으로 병변을 다시 한번 조사照射함으로써 꺼진 불도 다시 보는 과정을 거친다. 보통은 이 세 가지 치료 과정을 모두 거치지만, 여기서 출제자의 의도를 잘 파악해야 한다. '현재'에 주목하지 못한 오답이 대거 발생했다. 나는 수술보다 항암 치료를 먼저 시작했다. 따라서 정답은 항암 화학요법과 표적 치료 두 개.

6. 엄마가 맞고 있는 주사의 개수는?

1) 1개

2) 2개

3) 3개

4) 4개

5) 5개

4, 5번과 이어지는 문제다.

허투HER2 양성 유방암은 공격성이 강하고 성장이 빠르다는 특성을 가지고 있다. 재발도 잦고 전이도 많아 과거에는 예후가 좋지 않았다. 그러나 2000년대 들어 '허셉틴'을 필두로 특정 유전자 변이가 있는 암세포만 골라 죽이는 표적 치료제의 개발로 치료가 용이해졌다. 그러나 표적 항암제는 단독으로 사용할 수 없고, 세포독성 항암제를 함께 써야 한다.

정답은 4)번. 허셉틴(H)+퍼제타(P) 조합의 표적 치료제 둘, 도세탁셀(T)+카보플라틴(C) 조합의 세포독성 항암제 둘, 총 4개의 항암제(HPTC)를 함께 맞는다. 주사 맞는 데만 대여섯 시간이 훌쩍 넘어간다.

7. 엄마는 수술 전 총 몇 번의 주사를 맞게 될까요?

정답은 6회.

허투 양성 선행항암은 보통 6회에 걸쳐 시행한다. 수술 후에도 추가로 12번의 표적항암 주사를 더 맞는다.

8. 항암 주사는 얼마 만에 한 번씩 맞을까요?

1) 보름

2) 3주

3) 1달

4) 3달

정답은 3주.

항암으로 인해 온갖 부작용에 시달리다가 겨우 회복하는 주기가 약 21일, 3주다. 면역력이 바닥으로 떨어지는 2주 차 전후로는 가족들의 각별한 배려가 더욱더 필요하다.

9. 항암 치료 부작용은? 부작용 중 엄마가 겪은/겪을 부작용은?

쉽지만 어려운 문제다. 역대 최다 보기가 제시되었다.

1) 오심/구토 2) 근육통 3) 두드러기 4) 탈모 5) 귀차니즘 6) 설사/변비 7) 구내염 8) 오한/발열 9) 손톱 질환 10) 심장/신장 기능 이상 11) 두통……. 보기는 백 개도 더 추가할 수 있다.

답은 전부 다.

10. 엄마가 열(38도 이상)이 나면 해야 할 일은?

1) 찬물로 씻는다

2) 해열제를 먹는다

3) 응급실에 간다

4) 얼음물을 마신다

항암 시에 면역력은 말 그대로 바닥을 친다. 몸이 바이러스에 제대로 대응할 수 없다는 말이다. 고열이 발생한다는 건 바이러스나 세균 감염이 됐다는 의미이므로 병원에서는 혹시 열이 난다면 집에서 견디지 말고 응급실로 가야한다고 몇 번을 당부했다. 다행히 항암 기간 동안 고열이난 경우는 없었다.

11. 다음 중 항암 중인 환자가 피해야 할 음식은?

보기 중 2개를 고르는 문제다. 보기로 나온 떡, 돼지고기, 홍삼즙, 붕어빵, 아이스크림, 생선회, 커피, 마라탕, 햄버거중 정답은 홍삼즙과 생선회.

항암은 면역력과 간 해독력을 떨어뜨리므로 생선회는 혹시 모를 감염에 대비해서, 각종 '즙' 종류는 간 기능에 문제가 생길 수도 있으므로 자제하라는 설명을 들었다. 이들을제외하고는 골고루 잘 먹는 게 가장 좋다.

12. 엄마 머리가 빠지기 시작하면 해야 할 적절한 행동은?

1) 대머리라고 놀린다

2) 슬퍼서 운다

3) 가발 써보겠다고 떼를 부린다

4) 토닥토닥 위로해준다

정답은 뻔하게도 4)번이지만, 1), 3)번도 배제할 수 없었다. 1차 항암을 마치고 정확히 14일째 되는 날, 머리카락이 우수수 떨어지기 시작했다. 흩날리는 머리카락을 견딜 자신이 없어 16일째 되던 날엔 그냥 박박 밀어버려 대머리가 됐다.

13. 엄마 머리가 다시 나기 시작하는 시점은?

1) 한번 빠졌으니 다시는 나지 않는다

2) 마지막 항암 주사 직후

3) 마지막 항암 주사 1개월 후

4) 마지막 항암 주사 2개월 후

5) 마지막 항암 주사 3개월 후

한번 빠졌으니 다시는 머리카락이 나지 않는다는 무시무시한 보기를 포함해 마지막 항암 후 각각 1, 2, 3개월 후라는 보기들이 주어졌다. 개인차가 있겠지만, 나의 경우 마지막 항암 후 정확히 2개월 만에 보송보송 솜털이 올라오기 시작했다.

14. 대머리도 정수리 냄새가 난다?

정답은 예.

민망하지만 사실이다. 덮어줄 머리카락이 없으니 냄새가 더 많이 나는 느낌이다. 대머리도 머리 감기를 소홀히 해선 안 될 일이다.

15. 암 환자로서 올바른 생활 습관이 아닌 것은?

1) 암 진단 전과 똑같이 활동한다

2) 아무거나 잘 먹는다

3) 매일매일 운동한다

4) 감염 위험이 있으니 되도록이면 이불 밖으로 나가지 않는다

5) 배달 알바를 하며 가계에 도움이 된다

의외로 헷갈리는 질문이었다. 정답은 4)번.

보기 5)번에 대해서는 추후 이야기를 풀어가도록 하겠다.

16. 암 환자 가족으로서 올바른 생활 습관은?

1) 자기 할 일을 알아서 잘한다

2) 밥을 잘 먹는다

3) 밖에 나갔다 들어오면 손을 잘 씻는다

4) 싫은 거 할 때는 고개를 삐딱하게 꺾으면서 다닌다

5) 옷을 아무 데나 벗어 놓는다

6) 뒷정리를 잘해 놓는다

7) 10시쯤에는 잘 준비를 한다

8) 공부하기 싫다고 욕을 한다

정답은 1), 2), 3), 6), 7).

첫 번째 문제와 마찬가지로 마지막 문제가 출제되자 참여자들의 동공에 강도 7 수준의 강한 지진이 일어났다. 왠지 양심이 찔리는 모양인가 보다. '올바른 생활 습관'의 실행 여부와는 별개로 문제는 잘 풀어주었다.

약 한 시간에 걸친 퀴즈 시간이 끝났다. 참여자 모두 목청이 터져나가도록 구호를 외쳤고, 오답 처리에 아쉬운 탄식을 질렀다. 둘째에게 답변 기회를 더 주자 흥분한 첫째가 "이건 공정하지 못해!!"라고 울부짖으며 시합장을 뛰쳐나가는 촌극이 벌어지기도 했다.

제목이 무색하게 누가 '암퀴즈왕'이 되었는지는 기억나지 않는다. 그러나 자칫 우울할 수 있는 이야기를 재치(와 돈으)로 재밌게 풀어보겠다는 소기의 목적은 충분히 달성한 것 같다. 비록 내 지갑은 얇아졌지만 모두들 두둑한 상금을 걷어 갔으니 만족스러운 시간이었다. 어느 정도 유방암에 대해 이해를 한 아이들은 내가 치료를 받는 동안 평소와 똑같이, 오히려 내가 다 섭섭할 정도로 밝게 지내주었다.

함께 견뎌주어 고맙다, 우리 딸들!

Part 2.   죽어야 사는 여자

리슨 투 마이 허투

병이 들면 반半 의사가 된다고 한다. 책을 사 보고, 기사를 검색해 보고, 유튜브를 구독하고, 논문을 (쓰지는 못해도) 찾아보며 병에 대한 지식을 차곡차곡 쌓아가기 때문이다. 실제 전문 의료진의 지식에는 반의 반에도 못 미치겠지만, 적어도 내가 걸린 병의 치료 과정이나 부작용, 그에 대처하는 나름의 노하우에 대해서는 익숙해져 주변에 설명을 해주거나 '후배' 환우들에게 아는 척하는 데는 무리가 없다. 암이라곤 고작 '기수' 정도만 알았던 나도 유방암 진단을 받고 난 후에는 '아형'을 구분하는 것부터 공부를 시작했다.

'아형'은 유방암의 종류를 세부적으로 나눈 것으로, 이에 따라 치료의 큰 방향이 결정된다. 항암제의 종류, 호르몬 치료나 표적 치료의 여부, 수술과 항암의 순서, 항암을 하지 않을 가능성 등이 아형에 따라 달라진다. 유방암 환자들이 모두 다른 경험을 갖는 이유다. (물론 크기, 위치, 전이 여부 등도 당연히 고려 대상에 포함된다.)

유방암의 아형은 유전자 발현 양상gene expression profiling에 따라 크게 네 가지로 나눌 수 있다. 호르몬 수용체와 허투HER2* 발현 정도에 따라 '호르몬 양성', '허투 양성' 유방암으로 구분한다. 둘 다 해당될 경우 '삼중 양성'**, 둘 다 해당되지 않는 경우 '삼중 음성' 유방암이라고 한다.

여성 암이라 허투인가, 헐~이라서 허투인가

내게 생긴 유방암은 전체 유방암의 약 20%를 차지한다

---

* HER2(Human Epidermal Growth Factor Receptor 2; 인간 표피 성장인자 수용체 2형): 17번 염색체에 존재하는 유전자 단백질. 정상적인 세포에도 근소하게 존재해 세포의 증식 조절 기능을 담당하지만, 과잉 활성화가 되면 유방암의 예후인자로 바뀌어 세포의 악성화에 관여한다.
—서울대병원 홈페이지(SNUH건강정보, '여성암 1위' 유방암, 2022. 5. 4).

는 '허투 양성'이다. 왼쪽 가슴의 종양 두 개가 모두 허투 양성이라는 결과가 나왔다. (같은 부위의 암도 다른 아형을 가지는 경우가 있다.) HER라고 하길래, 대부분 여성이 걸리는 유방암에 나타나서 붙여진 이름인 줄 알았는데 Human Epidermal Growth Factor Receptor(인간 표피 성장인자 수용체)의 약자라고 한다.*** HER 뒤에 붙는 숫자 2는 네 종류의 HER 유전자 중 두 번째라는 얘기다.

어느 유튜브 영상에서는 허투를 성장인자growth factor를 잡는 손잡이receptor라고 표현했다. 우리 몸의 세포를 분열, 증식시키고, 다친 조직을 낫게 해주는 등의 역할을 하는 성장인자가 있는데 이를 야구공이라고 하면, 허투는 글러브 역할을 한다. 글러브가 야구공을 잡듯, 허투가 성장인자에 붙어 세포분열을 도와주는 것이다.

암세포 또한 성장인자들을 매개체로 분열, 성장한다. 허투 수용체가 너무 많아지면(과발현), 적은 양의 성장인

** 이중이 아니라 삼중인 이유는 호르몬 수용체에는 에스트로겐과 프로게스테론 두 가지가 있기 때문이다.

*** 허투 유전자는 유방암뿐만 아니라 침샘암, 위암, 난소암, 자궁암, 자궁경부암, 폐암, 담도암, 췌장암, 직결장암, 방광암, 전립선암 등 다양한 암종에서도 확인된다고 한다.

자만으로도 암세포가 분열하고 성장하는 속도가 빨라진다. 이렇듯 허투로 인해 암이 급속도로 성장하게 되는 것이 허투 양성 유방암이다. 같은 맥락에서 호르몬 양성 유방암은 호르몬이 과발현되어 암세포를 증식시키는 것이다. 과유불급, 지나침은 오히려 모자람보다 못하다는 말이 꼭 어울린다. 역시나 옛말은 틀린 게 하나 없다.

표적 항암제 만세, 건강보험 만만세

허투 양성 유방암은 불과 20여 년 전까지만 하더라도 재발률이 높고 예후가 좋지 않기로 악명이 높았다. 공격성이 뛰어나 단기간 내 암세포가 성장할 뿐만 아니라 다른 장기로의 전이도 빠르게 이루어지기 때문이다. 나도 매년 정기적인 건강검진을 했음에도 불구하고 1년 만에 암이 자란 걸 보면 정말 그런 것 같다. 조금 더 늦게 발견했으면 암세포는 내 왼쪽 가슴을 꽉 채우다 못해 온몸 구석구석으로 퍼졌을지도 모를 일이다.

다행히 '허셉틴'을 필두로 한 표적 항암제가 개발됨에 따라 오늘날 허투 양성 유방암의 예후는 크게 개선됐다. 표적 항암제는 암세포에만 나타나는 특정 단백질이나 유전자의 변화를 표적하여(허투 양성 유방암의 경우 허투 수용체만) 암세포의 성장을 차단한다. 전신에 작용하는 화학 항암제('세포독성 항암제'라고도 한다)와 달리 표적 항암제는 부작용이 적고 효과는 높다. 허투 양성 유방암은 표적 치료 시 완전관해율*이 60%에 이른다고 하니, 악명 높은 아형에서 소위 '약발이 잘 받는' 유형으로 탈바꿈했다고 해도 과언이 아니다. 짧은 기간 내 굵게 존재감을 드러내는 한편, 짧고 굵게 없앨 수 있게 된 것**이다.

허셉틴은 1998년 미국 식품의약국FDA, 2000년 유럽 의약품청EMA의 승인을 받고, 우리나라에는 2003년부터 사용되기 시작했다. 출시 당시 가격은 150mg(바이알)당 96만 원이 넘는 높은 금액이었지만, 보험급여가 점차 확대되며 환자의 부담은 점점 줄어들고 있다.

일례로 허셉틴은 초기에는 전이성 허투 양성 유방암

---

* 완전관해: 신체 검진, 혈액 검사, 방사선 검사 등으로 평가했을 때, 치료 전 인지되었던 암의 모든 증상과 징후가 완전히 소실되고 최소한 1개월 이상 지속되는 경우를 뜻한다. ―국가암정보센터

** 호르몬 양성 유방암 환자는 표준 치료 이후에도 항호르몬제를 약 5년에서 10년간 경구 투약해야 하는 반면, 허투 양성 유방암은 표준 치료를 포함해 표적 치료까지 약 1년 만에 치료를 마무리할 수 있다.

의 경우에만 보험급여가 적용됐지만, 2010년에는 비전이성 유방암 중 종양 크기가 1cm 이상인 경우에도 보험 혜택을 받을 수 있게 됐다. 선행항암 후에도 잔존 암이 있을 때 사용하는 '캐싸일라'라는 표적 치료제의 경우 2022년 7월부터 보험급여가 적용됐다. 보험급여 전에는 전액 자기 부담으로 총 14회의 표적 치료를 하는 데 8천만 원 상당의 비용을 지불해야 했던 반면, 이제는 약 2백~4백만 원(몸무게에 따라 투약 용량이 달라짐)만 부담하면 된다. 여전히 적은 비용은 아니지만, 이전과 비교하면 환자의 부담이 대폭 줄어들었다고 할 수 있다.

항암을 먼저 한다고?

유방암의 표준 치료 과정은 수술 – 항암 – 방사선 치료로 이루어지며, 통상 수술을 가장 먼저 한다. 암세포를 잡초로 비유한다면, 물리적으로 잡초를 뽑아내고(수술), 화학적으로 제초제를 뿌려 잔여 잡초를 제거하고(항암), 마지막으로 땅에 불을 질러(방사선) 혹여나 남았을 잡초의 씨를 아예 태워버리는 것이다.

   그러나 요즘에는 수술에 앞서 항암을 먼저 하는 '선행

항암'을 택하는 경우가 많아지고 있다. 특히 허투 양성 유방암과 삼중 음성 유방암은 선행항암을 하는 대표적인 유형이다.

선행항암의 가장 큰 장점은 수술의 범위를 줄일 수 있다는 것이다. 종양 크기를 줄여 유방절제 부위를 축소할 수 있다거나, 겨드랑이 림프절에 전이됐을 경우에도 항암 결과에 따라 림프절을 모두 들어내지 않고 감시 림프절 일부만 절제하는 것이 가능해진다. 따라서 부종과 같은 림프절 절제에 따른 부작용도 최소화할 수 있다.

항암효과를 눈으로 직접 확인할 수 있다는 이점도 있다. 수술 후 항암을 하면 몇 년간 재발 여부를 추적해 그 효과를 추측해야 하는 반면, 항암 후 수술을 할 경우에는 암세포의 잔존 여부(관해 여부)를 확실히 볼 수 있다.

최종 조직검사 결과가 '허투 양성'으로 나옴에 따라 내 치료 계획에도 변동이 생겼다. 수술 날짜까지 잡아놨지만 수술 대신 항암 치료를 먼저 시작하게 된 것이다. 마음이 바빠졌다. 가발 살 시간이 있을까? 눈썹 문신도 아직 못 했는데? 친구랑 약속은 미룰까? 휴직은 언제부터 해야 하지? 갑자기 열흘 이상 앞당겨진 치료 시작 날짜 때문에 소소한 걱정거리로 머릿속이 잠시 복잡해졌다. 그

러나 치료에 대한 두려움보다 비로소 안심되는 부분이
더 컸다. 암흑 속에서 비로소 한 줄기 빛이 보이는 느낌이
었다.

　그래. 가보자고.

나의 항암일지

항암 치료가 시작됐다

항암 치료는 영어로 chemotherapy(케모테라피)라고 한다. 말 그대로 '화학chemo 약품', 즉 항암제를 몸에 주입해 치료therapy하는 것이다. 감히 표현하자면 단순히 주사를 맞는 것에 불과하다.

유방암에 쓰이는 항암제는 크게 세포독성cytotoxic 항암제와 표적targeted 항암제로 나눌 수 있다. 세포독성 항암제는 정상세포보다 빠른 속도로 증식하는 암세포의 특성을 이용한다. 보통 세포보다 빨리 증식되는 세포를 죽이는 것이다. 그러나 암세포뿐만 아니라 전신에 작용되기 때문에 부작용이 만만치 않다. 혈구 수치 감소, 탈모, 구토, 점막염 등이 대표적이다.

표적 항암제는 암세포에 특징적으로 과발현된 단백질을 표적하여 암세포 내의 신호를 차단한다. 드물게 심장 기능에 이상이 생길 수 있지만 세포독성 항암제에 비하면 부작용이 거의 없는 편이다.

허투 양성 유방암의 경우 TCHP(또는 HPTC) 조합의 선행항암 치료가 일반적이다. TC는 세포독성 항암제인 도세탁셀Docetaxel과 카보플라틴Carboplatin을 의미하고, HP는 표적 항암제인 허셉틴Herceptin(성분명 트라스투주맙)과 퍼제타Perjeta(성분명 퍼투주맙)를 뜻한다.

아아, 그렇다. 표적 항암제의 장점에도 불구하고 세포독성 항암제의 사용은 불가피하다. 치료 효과를 향상하고 교차내성을 억제하기 위함이다. 어떻게든 탈모는 피해보려 했는데 어쩔 수 없지 뭐.

지극히 평범한 항암일의 모습

항암 전날 밤.

디데이를 위한 준비물을 차곡차곡 챙긴다. 대부분 간식거리다. 텀블러에 물을 담고 탄산수와 두유를 추가로 챙긴다. 음료수를 많이 마셔야 항암제의 순환과 배출이 원활해진다고 하기 때문이다. 새콤달콤한 사탕 몇 알과 한입 크기로 자른 삶은 고구마와 과일도 챙겨 간다. 충전기와 이어폰, 읽을 것 같진 않지만 혹시 몰라 책도 한 권 가방에 넣는다. 슬리퍼와 담요까지 챙겨 가는 사람도 있다고 들었는데 물건의 부피만큼 마음의 부담도 커질 것 같아 제외하기로 했다.

항암 당일.

아침 일찍 집을 나선다. 진료 예약 두 시간 전에는 도착해야 무리 없이 이후 스케줄을 소화할 수 있다. 출근 시간과 겹쳐 길이 조금 막히긴 했지만 늦지 않게 병원에 도착한다. 첫 번째 할 일은 채혈이다. 피검사를 통해 백혈구, 간 기능 등 원활한 항암을 위해 면역력과 관련된 수치를 확인한다. 면역력이 떨어질 경우 까딱하면 항암 일정이 미뤄지는 사태가 발생할 수도 있다. 어차피 맞을 매 빨리 맞고 끝내야지, 시간에 질질 끌려가는 건 정말 싫다.

채혈이 끝나면 종양내과에 도착, 접수를 하고 몸무게와 혈압을 측정한다. 이들도 항암을 하는 데 중요한 지표다. 몸무게에 따라 항암제 용량이 결정되고, 너무 높거나 낮은 혈압도 항암에 문제가 될 수 있기 때문이다. 혈액검사 결과가 나와야 진료를 받을 수 있으니 그동안엔 조금 여유를 부려본다. 집에서 서둘러 나오느라 걸렀던 아침을 먹고 커피 한 잔과 함께 책도 몇 장 넘겨본다.

두어 시간이 훌쩍 지나 어느새 진료 차례가 다가온다. 긴 대기가 무색하게 진료 시간은 고작 3분. 의사와 인사를 하고, 컨디션을 확인하고, 항암 부작용에 대비한 약들을 처방받고, 다음 진료 때 봅시다, 안녕히, 로 끝나는 뻔한 루틴이다. 왜 항상 진료실 문을 나서면 못다 한 질문이 자꾸 떠오르는지.

원무과에서 수납을 하고 원내 약국에 가서 처방받은 약들을 기다린다. 봉투 한가득 약을 받고 나면, 먼저 '아킨지오'를 찾아 복용한다. 항암제가 가지는 다양한 부작용 중 구토와 오심 방지를 위한 약이다. 항암제가 제조되는 동안 병원 주변을 슬슬 걷는다. 점심시간이 다 되었지만 긴장을 한 탓인지 배도 고프지 않다.

이윽고 항암주사실에서 병실이 준비되었다는 알림이 도착한다. 말이 주사실이지 평범한 입원실과 다를 것은 없다. 환자들로 가득 찬 병실, 분주한 간호사들. 어떤 환자들은 침상이 없어 의자에 앉아 주사를 맞기도 한다. 접수대 앞 대기 좌석도 언제나 만석이다. 암 환자가 이렇게 많은데, 이 공간은 조용하다 못해 고요하기까지 하다. 그러나 느껴지는 환자들의 몸부림, 살아내기 위한 소리 없는 아우성. 항암 첫날 마주한 주사실의 풍경은 참 낯설었다.

호텔 방에 들어온 것처럼 가져온 준비물들을 침상에 늘어놓고 있으면 담당 간호사가 들어온다. 간호사는 이름과 생년월일을 확인하고 익숙한 손놀림으로 팔뚝 안쪽 또는 손목 또는 손등의 정맥*을 찾아 주삿바늘을 꽂는다. 팔 대신 쇄골 근처에 케모포트chemoport(정맥주사관)**

---

* 주사를 맞는 부위는 크게 피부, 근육, 혈관 세 가지로 나뉘는데, 이에 따라 주사 요법도 피내주사, 피하주사, 정맥주사, 근육주사 등으로 나뉜다. 정맥은 피를 심장으로 보내는 혈관으로 정맥주사는 주사의 성분이 심장을 통해 몸 전체로 뻗어나갈 수 있다. 정맥주사는 약효가 빠르다는 장점이 있지만 흡수가 빠르므로 약이 몸에 맞지 않거나 너무 강한 성분이 들어오면 오히려 부작용이 나타나 주의가 필요하다. 주로 수액, 수혈, 약물 투여, 혈액 채취 등 응급 상황이나 장기간 약물 치료를 할 때 활용된다. ─한국건강관리협회

** 케모포트는 동전만 한 크기의 원통형 기구로 심장 가까이의 굵은 혈관까지 삽입되는 관(카테터) 종류 중 하나다. 쇄골 근처 피부 밑에 이식해 항암제를 주입하는 데 사용하고 항암 기간이 끝나면 제거한다. 팔의 혈관을 보호하고, 매번 팔의 혈관을 찾는 불편을 덜어준다는 장점이 있는 반면, 항암 기간 중 지속적인 관리가 필요하고 감염 위험과 흉

를 심어 주사를 맞는 경우도 있지만, 다행히 내 팔 혈관은 여섯 번의 항암 주사를 잘 버텨주었다. (한 5차쯤 되니 혈관 색이 좀 변하긴 했다.)

첫 번째 투약되는 약은 허셉틴*이다. 허셉틴은 대표적인 허투 유방암 표적 치료제로 과발현된 허투HER2 유전자 신호를 차단해 암세포의 성장, 분열을 억제한다. 세계 최초의 표적 치료제이자 허투 양성 유방암 치료의 새 지평을 연 '기적의 약', '마법의 탄환'이라는 별칭으로도 불린다.

다음 차례는 허셉틴과 '찰떡궁합'을 자랑하는 퍼제타다. 퍼제타와 허셉틴 병용요법은 허셉틴 단일요법보다 약 19% 정도 재발 위험을 감소시킨다고 한다. 이때가 가장 편안한 시간이다. 챙겨 온 간식은 주로 이 시간에 꺼내 먹는다.

두 약물을 연달아 맞고 나면 잠깐 휴식 시간을 가진다.

그리고 그다음 차례인 세포독성 항암제들의 부작용을 완화시켜줄 항히스타민제와 스테로이드제를 맞는다. 체액 저류, 과민 반응 등 항암제의 투약 부작용을 줄여준다니 고맙긴 하나 이 주사들 역시 '센 놈'들이다. 주삿바늘을 통해 약물이 들어가자마자 항문까지 화하고 찌릿한 느낌이 든다. 망망대해에서 흔들리는 조각배를 탄 것처럼 갑자기 멀미와 구역질도 난다. 이때 챙겨 온 새콤한 사탕을 물고 있으면 한결 기분이 나아진다.

'레드썬'. 나머지 두 약물, 대표적인 세포독성 항암제인 탁소텔원(성분명 도세탁셀)과 네오플라틴(성분명 카보플라틴)을 맞을 때면 거의 비몽사몽이다. 노곤해지며 잠이 쏟아진다. 선잠이 들었다 깼다를 반복한다. 전 처치를 위해 맞았던 항히스타민제의 부작용 때문이다. 준비해 온 휴대폰과 이어폰과 책은 사실상 쓸모가 없어진 상태다.

시간이 흘러 흘러 준비된 약물이 내 몸 안으로 모두 들어가면 드디어 오늘의 항암 치료 끝. 식염수로 관에 남은 마지막 한 방울의 약물까지 혈관으로 집어넣는다. 네 개의 항암제와 부작용 방지제들을 맞는 주사만 다섯 시간 정도 소요된다. 약이 주입되는 속도, 투약 시 반응에 따른 처치 여부 등에 따라 한 시간 이상씩 늘어나기도 한다.

(1회 차 때는 약물 용량이 더 많아 총 일곱 시간이 걸렸다.)

주섬주섬 가방을 챙겨 나오며 고생하신 간호사분들께 꾸벅 인사를 한다. 어느덧 깜깜한 밤이다. 오랜만에(?) 바깥 공기를 맡으니 상쾌하다. 주사 맞는 것 자체는 힘들 게 없다. 많은 양의 주사와 많은 양의 물 때문에 틈틈이 화장실에 다녀오느라 조금 귀찮은 정도다. 큰일을 끝내고 나니 오히려 거뜬하다.

'생각보다 할 만한데?'

첫 항암을 마치고는 생각했다. 앞으로 내 몸에 일어날 부작용들은 생각지도 못한 채.

대머리

학창 시절, 학교에 '스누피'라는 귀여운 별명을 가진 선생님이 계셨다. 자그마한 체구에 뿔테 안경을 쓰신 선생님은 풍성한 머리숱을 자랑했다. 문제는 그 머리가 오직 귀주변과 뒤통수에만 나 있었다는 것이다. 선생님은 곱게 기른 '주변 머리'로 휑하게 빈 정수리를 덮고 다녔다. 하지만 아무리 애를 써도 숨겨지지 않는 공간들.

'가린다고 가려지지 않고, 덮는다고 덮어질 게 아닌데, 그냥 쿨하게 밀고 다니시지, 왜 애써 가리신담?'

아, 이 얼마나 무례하고 오만한 생각이었던가.

왜 암 환자는 대머리일까?

암세포는 정상세포보다 빨리 자란다. (세포독성) 항암제는 이와 같은 암세포의 특성을 이용한다. 빠르게 분열하며 증식하는 암세포를 파괴하고 성장을 억제하는 것이다. 하지만 사람의 몸에는 암세포 말고도 빠르게 자라는 세포들이 있다. 혈구세포, 점막세포, 생식세포 등이 그것이다. 암세포와 동시에 이들 세포들도 공격의 대상이 된다. 머리카락을 포함한 온몸의 털들도 그중 하나다. 세포독성 항암을 경험하는 사람은 그 누구도 피해 가지 못하는 부작용이 바로 탈모다.

탈모가 시작되는 시점은 첫 항암 주사를 맞고 약 보름 후다. 탈모가 시작되는 시점을 '마의 14일'이라고도 부른다. 13일 차까지는 일부러 잡아당겨도 멀쩡했던 머리카락이 신기하게도 정확히 하루가 더 지나자 뭉텅뭉텅 빠지기 시작했다. 셀 수 없이 많았던 머리카락이 몽땅 빠지는 건 시간문제였다. 듬성듬성해진 두피를 모자로 가리는 것도 하루 이틀이었고, 모자를 쓰고 벗을 때마다 속절없이 빠지는 머리카락을 처리하는 것도 여간 신경 쓰이는 일이 아니었다.

비루한 머리숱에 미련을 가지다 골룸처럼 변해버리는 모습은 정말이지 자존심이 허락하지 않을 것 같았다. 그래, 매도 먼저 맞는 게 낫다 싶어, 다 빠져버리기 전에 차라리 먼저 밀기로 결심했다. 경험 많은 미용사는 모자를 쓸 때 어색하지 않도록 귀밑머리와 앞머리를 일부 남겨놓는 걸 제안했지만, 이왕 결심한 김에 '배코'*를 쳐달라고 주문했다.

나는 삼손

위이잉, 바리캉 몇 번에 금세 대머리가 됐다. 왠지 연약한 환자보다는 씩씩한 여전사의 모습에 더 가깝게 느껴졌다. 〈에이리언〉의 여전사 시고니 위버, 〈지. 아이. 제인〉의 데미 무어, 〈매드맥스〉의 샤를리즈 테론 등 멋진 언니들이 떠올랐다. 거울에 비친 파르라니 깎인 머리통을 보고 '어머, 난 두상도 예쁘네. 혼자만 보기 아쉬워……'라며 '자뻑'도 해보았지만, 누굴 보여줄 생각은 사실 하나도

---

* 배코: 상투를 앉히려고 머리털을 깎아낸 자리를 뜻하지만, 머리털을 모두 밀어버리는 것을 말하기도 한다. 의외로 표준어다.

없었다.

샤프심처럼 짧게 남아 있던 머리카락도 항암이 거듭되며 이내 다 빠져버렸다. 파리가 앉았다 미끄러질 정도로 두피가 맨질맨질해졌다. 몸에 있는 다른 모든 털들도 몽땅 빠졌다. 항암 치료를 시작하기 전 재빨리 눈썹 문신을 했던 터라 모나리자가 되는 건 면할 수 있었지만, 그리 뛰어나지도 않았던 미모의 하락은 막을 수 없었다. 커다란 목각 인형이 된 느낌이었다.

외출할 땐 가발이나 모자로 위장을 했지만, 왠지 어색하기만 했다. 아무리 노력해도 세상 사람들 모두 내가 대머리인 걸 다 아는 것만 같았다. 자신감의 원천이 머리카락인 걸 그제야 깨달았다. 미용사 말대로 귀밑머리라도 좀 남겨둘걸…… 하고 조금 후회했다. 그리고 스스로 별명을 붙였다.

나는 삼손이다.
머리카락이 자랄수록 나는 강해질 것이다.
한 올 한 올 소중히 여길 것이다.
그리고 다시는 잃지 않을 것이다.

죽어야 사는 여자

항암, 그 부작용에 대하여

나를 위한 치료가 내 건강을 위협한다.
여기에 역설이 있다.*

대머리만 되는 줄 알았지?

앞서 말한 탈모 외에도 항암 치료에는 셀 수 없을 만큼 수
많은 부작용이 따른다. 내키지 않겠지만 잠시 함께 살펴
보는 시간을 갖도록 하자.

---

* 마이크 니콜스 감독, 〈위트Wit〉, 2001. 난소암 말기 여성의 투병기를
다룬 영화로 1999년 퓰리처상 수상작인 희곡을 바탕으로 만들어진 수
작. 주인공 베어링(엠마 톰슨 분)은 영문학 교수답게 문학적인 언어로
자신이 항암 치료 과정에서 겪는 생각과 감정을 독백한다.

첫 항암 주사를 맞고 이틀이 지났는데도 엄청난 갈증 외에 특별히 느껴지는 부작용은 없었다. 안부를 묻는 이들에게 "항암제 대신 식염수를 잘못 주사한 것 같아. 깔깔깔"이라고 너스레를 떨었는데, 3일째 되는 날부터 심상치 않은 조짐이 보였다.

콕콕콕. 손가락 마디에서 작지만 예리한 통증이 느껴지기 시작했다. 뼈마디를 찌르는 작은 바늘은 이내 큼지막한 바늘 뭉치가 되어 온몸을 돌아다녔다. 콕콕콕 꾹꾹꾹 속절없이 찔리고 또 찔려댄다. 예고 없이 등장하는 찌릿한 통증에 몸은 움찔하지만 관절통은 차라리 참을 만하다. 관절통에 익숙해질 때쯤 극심한 근육통이 찾아온다.

오, 살면서 이런 류의 고통을 느껴본 적이 있던가. 아이 둘을 무통주사도 없이 자연분만으로 출산했지만 그것과는 또 다른 고통이다. 조폭 영화에서 흔하게 나오는 구타 장면이 저절로 떠오른다. 꽁꽁 묶여 흠씬 두들겨 맞은 후에 패대기쳐진 인질의 상태처럼, 말 한마디 입 밖으로 내뱉는 것도, 손가락 하나 움직이는 것도 힘들다. 그 고통에 까무러치듯 잠들었다 깨어나기를 반복한다. 슬프다거나, 짜증이 난다거나 하는 부정적 감정조차 사치다. 몸이 아프니 생각 따위도 할 수 없다. 끙끙 앓는 수밖에. 진통제를 먹고 몽롱한 상태로 어느 순간 기절하듯이 잠들었다가 이내 깨어나면 머리가 지끈지끈 아프다. 난생처음 겪는 고통에 해낼 수 있다는 자신감은 사라지고 '아, 이래서 사람들이 항암을 포기하는구나'라는 생각만이 가득하다.

근육통이 조금 사그라들면 입안이 한 꺼풀 벗겨진다. 민트 초코처럼 화한 느낌이 입안을 가득 채우다 못해 식도까지 이어진다. 윤기가 흐르는 흰 쌀밥을 먹어도 거칠거칠하게 느껴지고, 조금이라도 매운 음식은 먹을 수가 없다. 시도 때도 없이 찾아오는 욕지기에 음식을 넘기긴커녕 입맛조차 없다. 헛바람 든 복어처럼 배는 항상 더부룩하고, 먹자니 안 먹히고, 안 먹자니 속이 쓰리는 악순환이 계속된다. 먹어야 산다는 생각에 인기 드라마와 영화를 제쳐놓고 일부러 요리, 먹방 채널만 들여다보는데도 도무지 식욕이 생기지 않는다. 내가 입맛이 없다니, 통탄스럽기만 하다.

폭풍 설사가 지속된다. 먹은 것도 없는데 쏟아내자니 곤혹스럽다. 탈수증상이 오면 안 되므로 누룽지를 끓이고 보리차를 우려내 억지로 먹고 마시는데, 그대로 또 내 몸은 뱉어낸다. 네 시간마다 설사약을 입에 털어 넣으며 난리가 그치기만을 기다린다. 게다가 소변은 또 왜 이렇게 자주 보게 되는지…… 자다가도 기본 세 번 이상은 화장실에 가야 한다. 그나마 남은 기력도 화장실 가느라 다 소진되는 것 같다.

온몸의 털이 빠진다. 머리카락뿐만 아니라 눈썹, 속눈썹, 콧구멍, 겨드랑이, 성기, 팔, 다리, 손가락, 발가락 등 온몸에 난 털이란 털은 몽땅 다 빠져버렸다. 다른 곳이야 남들에게 보여줄 일이 없어 혼자 민망해하고 말면 되지만, 코털이 없으니 여간 불편한 게 아니다. 점성 없는 콧물은 예고 없이 뚝뚝 떨어지고, 코 점막은 헐어 피딱지가 생긴다. 외출할 땐 양쪽 주머니에 코를 틀어막을 휴지를 한가득 챙겨야 한다.

손톱과 발톱도 약해진다. 손톱강화제를 수시로 발라줬음에도 불구하고 어느덧 반점이 생기고, 검게 변색되고, 하얀 가로줄이 생긴다. 하얀 줄은 항암 차수가 거듭됨에 따라 마치 나이테처럼 하나씩 늘어간다. 아닌 게 아니라 암 환자들은 이 줄을 '항암테'라고 부른다. 손톱은 얇아지며 자꾸 부스러지고, 반대로 발톱은 무좀 걸린 사람처럼 하얗게 변하며 점점 두꺼워진다. 빠지지만 않으면 되지 뭐, 라고 생각했는데, 결국엔 빠져버리고 말았다. 그것도 세 개나.

손과 발끝이 저릿저릿하며 감각이 무뎌진다. 미세한 전기가 흐르는 것 같아 느낌이 매우 별로다. 발가락 끝에 힘이 들어가지 않는 건 크게 문제 되지 않는데, 손가락 끝에 힘이 안 들어가니 병 뚜껑, 캔 뚜껑, 반찬통 뚜껑조차 열 수가 없다. 억지로 따려다가는 손톱이 부서지는 불상사가 일어날 수도 있으니, 주변 사람들에게 수줍게 병을 내민다. 정수기 물통도 거침없이 갈던 내가 작은 뚜껑조차 여닫지 못한다는 게 조금은 자존심 상한다. 뭐, 이때 아니면 언제 또 연약한 척을 할 수 있겠는가.

얼굴은 여드름투성이가 된다. 좁쌀 같은 여드름이 얼굴을 뒤덮고, 종기 같은 뾰루지가 온몸 군데군데 자리를 잡는다. 머리카락이 몽땅 빠진 두피에조차 여드름이 올라온다. 아픈 것도 억울한데 못생겨지기까지 하다니, 정말 속상할 따름이다. 여드름은 안팎을 구분하지 않고 계속해서 생겨난다. 콧구멍 안과 귓속에 난 여드름은 짤 수도 없다. 얼굴과 손발을 중심으로 피부색도 칙칙해진다. 평소 쓰던 파운데이션이 너무 밝게 느껴질 정도다. 햇빛에 그을린 얼굴은 건강미라도 넘치지, 기미와 다크서클로 뒤덮인 내 얼굴은 누가 봐도 영락없는 환자의 모습이다.

겉으로 보이는 게 다가 아니다

겉으로 보이는 게 다가 아니다. 골수 기능 저하로 면역력이 떨어지니 한번 난 상처는 쉬이 낫지 않는다. 사흘이면 딱지가 앉고도 남았을 시간인데 일주일이 지나도 벌건 상처 그대로 쓰라림이 계속된다. 손톱 옆 거스러미를 잘못 떼었다가 고름이 차서 병원엘 다녀오기도 했다. 가까스로 상처가 아물어도 남은 흉터는 한참을 간다.

생리가 멈춘다. 아직 젊은*(?) 나이라 항암이 끝나고 1년 안에 생리가 돌아올 가능성이 있다고 하지만, 이대로 폐경**이 될지도 모르는 일이다. 임신 기간 중 잠시 멈췄던 월경은 정말 편했는데, 항암으로 인한 강제 폐경은 아주 불쾌하고 불편하기만 하다. 질염과 분비물, 식은땀과 홍조 등 전형적인 갱년기 증상에 여러 달을 시달렸다.

---

* 국민건강보험공단에 따르면 2021년 기준 유방암 진료 환자의 평균 나이는 52.3세라고 한다. 「조기 치료하며 생존율 높아지는 유방암 환자, 최근 5년간 6.9% 증가」, 국민건강보험공단 보도자료, 2023. 5. 25.

** 최근에는 '닫을 폐閉'를 쓰는 '폐경' 대신 '완성됐다'는 의미의 '완경'이라는 용어를 더 많이 쓰는 추세지만, 나의 경우는 억지로 닫혔으므로 폐경이라고 하는 게 더 적합한 것 같다.

높디높은 항암산

유방암 환우들은 항암 과정을 '산을 오른다'고 표현한다. 6차에 걸친 항암 중 3차를 끝내자 즉, 항암산을 중간 정도 오르자 몸이 묵직해지기 시작했다. 부종이 생긴 것이다. 탈모만큼 잘 알려지지는 않았지만 부종 또한 항암의 대표적인 부작용 중 하나다. 다리는 코끼리처럼 부어오르고, 얼굴은 풍선처럼 빵빵해진다. 열심히 운동을 한다고 하는데도 몸은 물에 폭닥 젖은 솜이불처럼 무겁기만 하다. 한 걸음 한 걸음이 힘겹다. 진료실에서 애써 긍정회로를 돌리며 '시간이 지나면 좀 나아지겠죠?' 하니, 의사는 아주 냉정하게 '아뇨. 점차 더 심해질 겁니다' 한다. 당시에는 그 대답이 섭섭했지만 진짜 그랬다. 부종은 항암 치료가 끝난 후에도 지독하게도 오래간다.

나를 가장 많이 괴롭힌 것은 탈모도, 설사도, 근육통도 아닌 '수족증후군'이었다.

수족증후군Hand-foot Syndrome은 '손발이 저리거나 무감각한 느낌이 있으면서 붓거나 붉어지고 가려워지는 증상'이다. 그러나 설명처럼 단순히 가려운 수준이 아니라, 일상생활을 할 수 없을 만큼 고통스럽고 기괴한 부작용이다.

손가락 마디에서부터 벌겋게 시작된 발진은 어느새 손
등과 손목까지 슬금슬금 영역을 확대해 간다. 조금 간지
럽다라고 생각했는데 긁으면 아프고, 놔두면 긁고 싶다.
자다가도 어느새 긁적이며 잠에서 깨버린다. 손보다 발
이 더 문제다. 발바닥부터 시작된 증상은 발등, 발목, 그
리고 어느새 종아리까지 타고 올라온다. 벌겋게 된 피부
는 후끈후끈 달아오르는데, 간지럽기도, 아프기도, 따갑
기도 하다. 냉찜질을 아무리 해줘도 열감은 계속되고, 군
데군데 물집이 잡히는 게 마치 화상을 입은 것 같다. '항
암화상'으로도 불리는 이유가 다 있다.

수족증후군과 부종이 만나면 아주 '환장의 콜라보'가
된다. 다리는 금방이라도 터질 것 같고 피부는 찢어질
것 같다. 가만히 있지도, 움직이지도, 앉지도, 누워 있지
도 못한다. 걷는 건 더더욱 고통스럽다. 안데르센의 동화
『빨간 구두』의 카렌이 결국 발을 잘라낼 수밖에 없던 이
유를 이해할 수 있을 것 같다. 정말 '미치고 팔짝 뛸 것' 같
은 기분이다. 다른 부작용은 비교적 의연하게 참아낸 나
도 수족증후군이 심해졌을 때는 어린아이처럼 엉엉 울

수밖에 없었다.

영겁처럼 느껴지던 시간이 지나 고통이 사그라들 때쯤 피부는 벌건 색에서 검붉은색으로 변하며, 허물이 한 꺼풀 벗겨진다. 이 또한 보기 쉬운 광경은 아니나 차라리 이 상태가 고맙기까지 하다. 끝나간다는 증거니까.

항암 막판에 눈이 침침해졌다. 눈에 뿌연 막을 하나 씌워놓은 것 같다. 글씨뿐만 아니라 사람 얼굴까지 뭉개져 보인다. 컨디션에 따라 어떤 날은 그래도 잘 보였다가, 어떤 날은 아예 안 보이는 수준이다. 초점이 흐려지니 피로감이 심하다. 멍함을 넘어 멍청한 느낌까지 든다. 눈이 안 보이니 이상하게도 귀도 잘 안 들리는 것 같다. 잘 들리지 않으면 눈을 게슴츠레하게 뜨는 버릇이 새로 생겼다.

건망증은 덤이다. 원래 나쁜 기억력을 괜히 핑계 대는 것 아니냐고 의심할 수 있지만, 정말이다. 병원 안내문에도 버젓이 나오는 항암 부작용 중 하나다. 대화 도중 내가 무슨 말을 하고 있었더라부터 시작해, 머릿속에 떠오른 무언가를 단어로 치환해 입 밖으로 내보내기까지 정말 오랜 시간이 걸린다.

이 외에도 불면증, 빈혈, 간기능 저하, 변비 등 5,645,436개 정도의 크고 작은 부작용을 더 겪었지만 이만 줄이겠다.

삶은 연장시키되, 삶의 질은 떨어지는 과정,

살기 위해 겪어야 하는 죽음의 과정.

역설과 모순으로 가득한 항암 과정을 이보다 더 잘 표
현할 수 있을까. 꾸역꾸역 겪어냈지만 잘 견뎌냈다고 하
기엔 힘든, 다시는 마주하고 싶지 않은 과정이다. 현재도
항암산을 오르며 고통받는 이들에게 마음 깊이 위로의
말을 전한다.

고난의 주간, 부활의 주간

항암 치료를 3주 간격으로 하는 이유

항암과 항암 사이, 3주라는 기간 동안 항암제는 내 몸 안 구석구석을 헤집어놓는다. 동시에 암세포를 사멸시킨다. 백혈구 수치는 뚝 떨어졌다가 이내 바닥을 치고 올라온다. 앞서 항암 치료 부작용으로 말미암은 심신의 고통을 토하듯 쏟아내었지만 다행히도 그 고통이 항암 기간 동안 동일한 수준으로 매일같이 찾아오지는 않았다. 만약 그랬다면 이 과정을 끝까지 견뎌내기 어려웠을 것이다.

3주, 21일, 삼칠일, 세이레

힘들고도 신기한, 오묘한 기간이다. 어떤 부작용은 매 회차 비슷한 수준으로, 어떤 부작용은 짧고 굵게 끝나기도 했다. 항암 초반엔 심했다가 차수가 거듭될수록 점점 나아졌거나, 반대로 서서히 찾아와 오래가는 부작용도 있었다. 이런 과정을 몇 차례 반복하고 나니 나름의 패턴을 읽게 되었다.

첫 일주일은 고난의 주간이다. 뼈마디, 근섬유 줄기마다 느껴지는 깊고 강한 통증에 시달리고, 멈추지 않는 설사와 오심으로 심신이 너덜너덜해지는 한 주다. 입맛도 없을뿐더러, 입안 점막도 벗겨지기 때문에 먹는 행위 자체가 고통스럽다. 항암 주사 후 약 닷새부터는 본격적으로 면역력이 떨어지는 시기라 감염에 취약해지며, 신경도 몹시 예민해진다. 종교도 없지만 신을 원망하게 되는 순간들이 불쑥불쑥 찾아온다.

2주 차는 못생김의 주간이다. 코와 입 주변으로 자잘한 뾰루지가 올라오기 시작해, 이내 두피, 팔, 다리, 몸통에도 크고 작은 여드름이 생긴다. 여드름은 몸 안팎을 가리지 않는다. 잘 보이지 않는 콧구멍 속과 귀 안쪽에도 생기고 또 가라앉기를 반복한다. 어떤 건 종기처럼 크기도 크다. 항암 후반기에는 얼굴의 여드름 대신 수족증후군이 찾아왔다. 양손과 발은 마치 좀비, 또는 시체의 그것들처럼 검붉게 변하는데, 가렵고 따갑고 뜨겁고 찢어지는 듯한 고통이 훨씬 커서 못생김 따윈 걱정할 겨를이 없다.

3주 차는 부활의 주간이다. 안팎으로 힘들었던 몸이 서서히 살아난다. 인체의 신비란. 근육통과 여드름은 사그라들고 입맛도 다소 돌아온다. 머리털이 사라졌다는 걸 빼고는 평상시와 다름이 없는 듯한 기분이다. 며칠 후엔 다음 항암 치료가 기다리지만, 이 모든 과정이 어서 끝나기만을 소망하며 최상, 아니 비로소 정상이 된 컨디션을 최대한 즐기려고 한다.

부작용을 다스리는 방법

이러한 패턴에 익숙해지고 나니 부작용에 대처하는 노하우도 생겼다. 통증의 조짐이 시작되면 지체하지 않고 바로 부작용 방지 약을 복용하는 게 제 1의 원칙이다. 부지런히 먹어야 고통이 줄어든다. 평소 비타민을 포함, '인위적인' 약들에 대한 거부감이 큰 편이었는데, 마음을 고쳐

먹기로 했다. 내 몸 안에는 이미 화학약품이 가득한 걸 뭐.

항암 주사 후 72시간 이내에는 백혈구 수치를 올려주는 '뉴라스타'를 주사한다. 자가 주사도 어렵지 않다. 뱃살을 한 움큼 잡아 바늘을 찔러 넣기만 하면 된다. 40여 년간 키워온(?) 배 둘레 햄이 이럴 때 도움이 될 줄이야. 사흘 동안 매일 아침 '덱사메타손'정을 여덟 알씩 털어 넣는다. 오심과 구토를 방지해주는 약이다. 이후에도 메슥거림이 계속된다면 '맥페란'정을 두 알씩 먹으면 된다. 뒤따르는 설사에는 '포타겔' 액과 '로페라미드' 캡슐을 번갈아 복용한다. 속 쓰림에 대비해 위염과 위궤양 치료제 '무코스타'정도 처방받았다. 구내염 예방 가글액 '탄툼'과 식염수에 섞어 쓰는 가글용 '탄산수소나트륨'도 설명에 빼먹을 수 없지.

근육통에는 '마이폴'이다. 일반 진통제로 듣지 않는 통증과 염증을 완화시켜준다. 마약류로 분류되어 왠지 더 무시무시해 보이는 이 약을 우리 아이들은 '크리스마스약'이라고 부른다. 캡슐 절반은 짙은 초록색으로, 나머지 반쪽은 진한 주황색으로 예쁘게 디자인되었기 때문이다. 항암 중반부터는 가려움증 완화를 위해 항히스타민제인 '페니라민'정과 '씨잘'정을 처방받았다. 수족증후군이 정말 정말 심할 때는 스테로이드제인 '소론도'정의 추가 복용을 권유받았다. 여드름과 발진으로 가득한 피부에는 스테로이드제가 적당히 포함된 '토피솔' 로션을 바른다. 손발 저림에는 '리리카' 캡슐을, 좀처럼 잠이 오지 않는 날이면 수면제인 '스틸녹스'를 챙겨 먹는다.

부작용을 방지하기 위한 약에는 또 다른 부작용이 따른다. 역설과 모순은 여기에도 있다. 면역력 회복을 위해 '뉴라스타'를 주사하면 관절통이 생기고, 관절통을 없애기 위해 '마이폴'을 먹으면 소화불량이나 구토의 가능성이 있다. 말초신경통을 억제하기 위한 '리리카'정은 신장 기능 이상을 유발할 수 있고, 가려움을 잊게 해주는 항히스타민제를 먹으면 한낮에도 잠이 쏟아진다. 토막 잠이 괴로워 수면제를 먹을 땐 아침에 영원히 못 일어나는 건 아닐까 걱정한다. 심지어 가글액에도 발진, 시야 혼탁, 위장 장애 등의 부작용이 나타날 수 있다는 경고문이 있다. 아아. 꼬리에 꼬리를 무는 부작용. 약과 함께 두려움도 한 움큼 삼킨다. 그러나 곧 끝날 거라는 기대와 나아질 거란 희망을 더 많이 삼킨다. 와구와구 후루룩 꿀꺽.

부활의 그날을 기다리며

일주일씩, 3주 간격으로 반복되는 이 패턴은 전체 치료 기간에도 비슷하게 적용된다. 심신이 저 아래 바닥까지 가라앉는 항암 기간은 고난의 주간이요, 수술과 방사선 치료가 이루어지는 기간은 못생김 주간에 비견할 수 있다. 항암은 끝났지만 머리카락은 아직 나지 않고, 가슴에는 한 뼘 정도 되는 칼자국이 생기기 때문이다. 뿐만 아니라 가슴 부위 피부는 방사선 치료로 거무스름하게 변한다.

수술과 방사선 치료가 마무리되는 시점, 그러니까 마지막 항암을 마치고 약 석 달 가까이 지나니 비로소 부활의 조짐이 보인다. 키위새처럼 보송한 솜털이 살포시 올라오더니 이내 밋밋했던 두피를 까맣게 뒤덮는다. 부종은 서서히 빠져 코끼리 같았던 발목에서 복사뼈가 다시 만져지고, 수술 후 움직이기 힘들었던 팔이 어깨 위로 너끈히 들리기 시작한다. 천세 만세 만만세다. 항암 횟수만큼 생겨난 손발톱의 항암테는 한 줄씩 자취를 감추기 시작한다. 천천히, 그러나 꾸준히, 내 몸 세포들이 살아나는 것이다.

유방암 환자가
성형외과는 왜?

나도 물방울 가슴……

마지막 항암 후 받은 각종 검사에서 유방에 있던 종양이 확연하게 줄어든 것significantly decreased으로 나타났다! 따라서 수술 시 유방외과에서의 부분절제*로도 충분할 것으로 보였지만, '만에 하나' 전절제** 가능성이 있는 만큼 수술에 앞서 성형외과 재건(복원) 상담도 받았다. (병원에

---

* 유방 부분절제술partial mastectomy: 유방보존술breast conserving surgery 이라고도 하며, 유방암 조직을 포함해서 주변 정상조직의 일부까지만 제거.

** 유방 전절제술total/radical mastectomy: 유두를 포함한 유방 피부와 피부 밑의 유방조직(지방조직 & 유선조직)을 모두 제거하는 수술.

서 100%라는 건 없다.)

실리콘이냐, 뱃살이냐 그것이 문제로다

전절제를 시행할 경우 미용상의 이유뿐만 아니라 신체 균형을 맞추기 위해서라도 수술한 쪽 가슴, 또는 양쪽 모두 재건을 하는 경우가 많다. (물론 재건하지 않고 절제만으로 끝내는 경우도 있다.)

유방 재건은 크게 보형물을 활용하거나, 자가조직을 이용하는 방법이 있는데, 각각의 방법마다 장단점이 존재한다.

보형물을 이용한 유방재건술은 수술 방법이 간단하고 회복이 빠르다는 장점이 있다. 그러나 유방 구축拘縮, contracture(반복되지 않는 자극에 의하여 근육이 지속적으로 오그라든 상태)이나 감염 등 보형물로 인한 합병증이 발생할 가능성이 있다. 나이가 들면서 비교적 자연스러운 모양을 유지하기 어렵다는 단점도 있다. 유방 절제 후 피부가 모자랄 경우 보형물에 앞서 조직확장기를 삽입하는 단계가 필요할 수도 있는데, 이 경우 재건에 소요되는 기간은 약 3~6개월 정도 늘어나기도 한다.

뱃살이나 등살 등 자가조직을 이용해 복원할 경우 자연스러운 모양과 촉감을 가질 수 있으며 이물질에 대한 거부반응이 없다는 장점이 있다. 유방절제술 후 항암 치료나 방사선 치료를 받는 경우라도 예후가 좋다고 한다. 그러나 조직 채취 부위에 추가적인 상처가 남게 되고 수술과 회복 시간이 다소 길어질 수 있다는 단점이 있다.

사람 마음은 참 간사하다

유방암 진단을 받았을 때는 가슴 한쪽이 아니라 두 짝이 다 없어진다 해도 그만이라고 생각했다. 당장 암 덩어리만 사라진다면 그깟 가슴쯤 없어도 뭐가 대수겠는가. 그러나 정작 수술할 때가 되니까 점점 욕심이 났다. 이왕이면 절제 부위가 작았으면 좋겠고, 이왕이면 흉터가 덜 남았으면 좋겠고, 이왕이면 짝가슴이 아니라 알맞게 균형 잡힌 예쁜 가슴이 남길 바랐다.

전절제 가능성에 대한 설명을 들었을 때도 마찬가지였다. 전절제에 대한 두려움이나 거부감보다는 전절제에 따른 유방 성형 옵션을 적극적으로 생각하게 됐다. 이왕 수술하는 거 양쪽 다 예쁘게 해달라고 해야지, 하는 김에 처진 가슴을 한껏 끌어 올리는 거상술도 부탁할까, 뱃살로 재건을 한다면 다이어트 효과도 있겠구나, 보형물로 한다면 사이즈는 뭘로 하지? 물방울 모양이 좋다던데……, 별걸 다 고민하는 나를 보며, 사람의 욕심은 끝이 없다는 걸 다시금 깨달았다.

우리 다시 보지 말아요

수술 전날, 밤늦게 성형외과 전공의가 병상으로 찾아왔다. 전절제 및 재건술 시행 가능성을 다시 한번 설명하고, 관련 동의서에 사인을 받으러 온 것이다.

의사는 약간은 긴장한 나에게, "저를 다시 보는 건 안 좋은 거예요. 전절제 수술 절차를 설명해드리긴 했지만 부분절제로만 끝나길 기원합니다"라며, "그래야지 저도 그 시간에 조금 쉴 수 있답니다" 하고 진심 어린 농을 덧붙였다.

"이 순간 이후 서로 마주칠 일이 없는 게 서로에게 최선이군요. 다시는 뵐 일 없길." 내가 화답했다.

다행스럽게도 그 말은 현실이 됐다. (물방울 가슴 안녕…….) 무지하게 피곤해 보였던 그때 그 전공의 선생님, 꿀 같은 휴식 시간을 보내셨길.

수술하던 날

점심쯤에 진행될 거라던 수술이 계속 늦어졌다. 수술 부위에 바늘을 꽂고, 초음파를 찍고, 영상 촬영을 하고, 조영제를 주사하는 등 각종 준비 때문에 오전은 금방 지나갔는데, 정작 수술이 지체되자 급격히 기력이 달리기 시작했다. 전날 자정부터 물을 포함해 금식을 한 탓이다. 배고픔엔 장사가 없다.

오후 두 시 반이 다 되어서야 수술실에서 호출이 왔다. 긴장감보다는 안도의 마음이 더 컸다. 병실에서 이동 침대로 옮겨 타고, 영화나 드라마에서 보던 것처럼 의료진의 도움을 받아 침대째 수술 층까지 이동했다. 맨정신에 누워서 눈만 껌뻑거리고 있으려니 조금은 민망했다.

대기실에 도착하자 의료진들이 혈압이나 당뇨가 있는지, 보청기와 틀니, 또는 귀금속을 착용하진 않았는지, 주사 알레르기가 있는지를 여러 번 확인했다. 안전한 마취와 수술을 위해 거치는 작업인가 보다. 그리고 또다시 기다림의 시간이 찾아왔다. 함께 대기하던 환자들은 모두 수술실로 들어갔는데 나는 꼼짝없이 누워 천장만 바라보아야 했다.

"두려워하지 말라 내가 너와 함께 함이라"
—이사야 41장 10절

대기실 천장에 큼지막하게 성경 구절이 쓰여 있었다. 기다리는 동안 할 수 있는 건 저 짧은 성구聖句를 수백 번 되뇌는 일뿐이었다. 믿음이 있는 사람이나 없는 사람이나, 큰일을 앞둔 이들에게 위안이 되지 않을 수 없는 한마디였다.

한참을 더 대기하고 나서야 수술방에 입실했다. 의사와 간호사들이 분주하게 움직이며 산소호흡기를 비롯한 각종 장치를 내 몸에 달았다. '마취 주사 들어갑니다'라는 말과 함께 온몸에 강렬하게 퍼지는 약 기운을 느끼면서 그대로 정신을 잃었다.

회복실에서 다시 눈을 떴을 때 시간은 저녁 일곱 시를 가리키고 있었다. 원래 두 시간 정도 걸린다는 수술이 거의 두 배 가까이 길어진 셈이다. 처음에는 수술이 잘못된 건 아닌지, 결국 전절제를 한 건지 덜컥 겁이 나기도 했다. 다행히 수술 중 생검生檢(생체검사를 줄여 이르는 말)하는 시간이 조금 더 소요됐을 뿐, 원래 계획이었던 부분절제만으로 잘 끝났다고 했다.

전체 과정 중 수술 후 마취에서 완전히 깨어나는 동안이 가장 괴로웠다. 하지만 두 시간 정도가 지나자 두통과 메슥거림이 사라지고 언제 그랬냐는 듯 멀쩡해졌다. 물도 마시고, 죽도 먹고, 가족들과 친구들에게 잘 살아 있다고 문자도 보내고, TV도 봤다.

솔직히, 어떻게 멀쩡하겠는가. 그래도 살아 있으니 됐다. 그냥 손가락 세 마디 정도의 흉터와, 감당할 수 있는 정도의 불편함이 남았다고 해두겠다. 아직 넘겨야 할 잔잔한 파도가 많지만 그래도 또 한 고비 넘겼다. 굳세져야지.

"내가 너를 굳세게 하리라 참으로 너를 도와주리라"
─이사야 41장 10절

환자 한 명을 돌보는 데
온 병원이 필요하다

그리고 그중의 절반은 간호사더라

나를 위한 사람들

3박 4일의 입원 기간 동안 잠깐이라도 나를 돌본 병원 사
람들은 무려 서른 명이 넘는다.

수술 설명회의 간호사 1명, 영양사 1명, 의사 1명. 협진
실의 간호사 1명, 의사 1명. 입원 병동의 원무과 상담 직
원 1명, 입원실 담당 간호사 약 4명, 유방외과 의사 3명,
성형외과 의사 1명, 검사실과 수술실 이송을 도와주신 이
송 직원 2명, 초음파실 간호사 2명, 영상의학과 의사 1명,
방사선사 2명, 수술 대기실을 지키던 의료진 약 5명, 수술

실 안의 의료진 약 5명, 미화원 1명, 조리사 1명……

직접 대면한 사람들만 이 정도였으니 보이지 않는 곳에 있던 이들, 미처 카운트하지 못한 교대 인력까지 포함하면 훨씬 더 많은 사람들이 있을 것이다.

내가 뭐라고 이 많은 사람들이 나를 위해 존재하는가. 황송하기도, 미안하기도, 감동적이기도 하다. 물론 이분들이 나'만'을 위해 일하는 것은 아니다. 보통 사람들이 부러워할 정도의 적잖은 보수를 받을 수도 있다. 하지만 여러 날 병원을 다녀본 결과, 이곳에서 일한다는 건 보통일이 아니다. 고통과 희망, 절망과 기적 사이에서 하루하루를 버텨내는 중증 환자들이 가득한 이곳, 사명감 없이는 한순간도 견딜 수 없을지도 모른다.

병원 인력 3명 중 1명 이상은 간호사

병원 안의 수많은 의료진 중에서도 절대다수를 차지하는 직군은 간호사다. 삼성서울병원의 총 임직원 7천여 명 중 3.1천 명이, 서울대병원의 총 임직원 9천여 명 중 3.1천 명이 간호사라고 한다. 각각 전체 인력의 44%, 30% 수준이다(2022년 기준, 각 병원 홈페이지).

의료법(제2조 제2항 제5호)에 따르면 간호사의 업무 범위는 크게 "환자에 대한 관찰, 자료수집, 간호판단 및 요양을 위한 간호"와 "의사의 지도 하에 시행하는 진료의 보조"로 명시되어 있다. 하지만 실제 환자 입장에서 간호사에게 기대하는 역할은 더 광범위하다. 때로는 일방적이고, 무례하기까지 하다.

중년의 환자. 치료 경과가 궁금하다며 예약 없이 난입(?)해 의사를 만나야 한다고 떼를 쓰는 이분께, 데스크의 간호사는 평정심을 잃지 않고 설명한다. "환자분은 ○○일에 중간 검사를 하시고 그 결과가 나오면 □□일 진료를 보는 것으로 예약이 되어 있으시다. 지금은 시간상 진료가 어려우시며, 만약 의사를 본다고 하더라도 검사 결과가 없으니 말씀드릴 내용도 많지 않을 것이다." 그러나 이 환자는 꼼짝도 안 하고 했던 말만 반복한다. 급기야는 "내가 곧 죽을 거여서 의사가 나 보기가 미안해 괜히 피하는 거 아닌가, 당장 의사 앞에 나를 대령하라"더니, "내가 죽어도 곱게 죽을 줄 알아, 나는 그냥은 못 죽어. 여기서 뛰어내릴 거야!!"라며 막무가내로 소리를 지른다.

화가 난 보호자. 창백한 얼굴의 환자를 옆에 두고, 보호자가 울화통을 터뜨린다. 진료실과 검사실 간에 정보 전달이 잘되지 않았는지, 진료실이 있는 A층과, 검사실이 있는 B층을 서너 번씩 오가게 된 것이다. 누가 봐도 병원 측의 과실인 상황. 겪어본 사람은 알겠지만, 병원은 필연적으로 환자를 정신없게 만드는 곳이다. 병원 내에서 이동할 일은 생각보다 많으며, 생각보다 쉽지 않다. 채혈실과 검사실, 진료실과 대기실, 탈의실과 화장실, 약국과 원무과를 수십 번도 더 오간다. 컴플레인 장면을 목격한 모두가 그 보호자와 환자의 마음을 십분 이해했지만, 간호사가 할 수 있는 건 거듭된 사과뿐이다.

항암실 풍경. 주사제를 준비하고, 혈압을 재고, 주삿바늘을 꽂고, 약물이 투입되는 속도를 조절하고, 중간중간 별일은 없나 확인하고, 예기치 않은 상황이 발생하면 응급처치를 하고, 의사를 호출한다. 하루에도 수백 명의 환자들이 방문하는 항암실 근무 간호사들이 꼭 그만큼 반복하는 일이다. "안 아프게 놓아주세요, 이전 선생님은 하나도 안 아프게 놓아주셨는데……", "왜 제 순서는 안 오나요, 확인해주세요", "저쪽 침대 환자가 너무 시끄러

운데 어떻게 해주실 수 없나요" 등과 같이 귀여운(?) 소원 수리 또한 하루에도 여러 번 겪는 일상이다.

부작용이 두려운 나머지 투약을 거부하는 환자, 의사에 빙의해 투약 오더를 내리는 환자, 투약이 끝날 때까지 본인만 봐달라며 놔주질 않는 환자, 무엇이 그렇게 맘에 들지 않는지 올 때마다 욕설을 퍼붓는 환자도 적지 않다. 소위 '진상' 또는 '갑질' 환자들이다.

이상 내가 병원에서 실제로 목격해 약간의 각색을 거친 에피소드들이다.

이 모든 상황을 최전선에서 맞이하는 사람들이 간호사다. 진료실에서 못다 한 질문은 간호사에게, 불만도 간호사에게, 부탁도 간호사에게, 확인도 간호사에게, 하소연도 간호사에게 한다. 간호사는 전문직과 서비스직 그 중간 어디쯤에 묘하게 포지셔닝된 것 같다.

감정노동자, 소진되는 간호사들

20여 년간 대학병원에서 간호사로 근무한 김현아 작가 (『나는 간호사, 사람입니다』의 저자)는 "병원에서 간호사는

대표적인 감정노동자[*]"라고 말한다.[**]

간호사는 전문적이고 능숙한 실무 수행과 동시에 환자 응대 시 친절함에 대한 요구도가 높은 직무군이다. 간호사에게 감정노동은 환자를 위한 돌봄이라는 이유로 당연시 여겨지며, 문제의 심각성에 대한 인식이 낮다.[***]

병원에 근무하는 간호사 열에 아홉은 환자와 보호자로 인해 감정노동에 시달리지만 '참기'를 반복하면서 근무한다는 연구 결과도 있다. 감정노동을 겪는 순간 간호사들은 분노, 불쾌감, 자존감 저하, 직업에 대한 회의 등의 심경을 느꼈고, 이로 인해 간호 업무에도 매우 많은 영향을 미쳤다.[****]

김현아 작가는 "생명을 다루는 직업은 '자부심'과 '사명감'을 가져야 하지만 병원은 '감정노동자'인 간호사를

---

[*] 감정노동emotional labor: 타인에게 보이는 표정이나 몸짓을 나타내기 위해 자신의 감정을 관리하는 것(Hochschild, 1983).

[**] 김현아, 「간호사도 '사람'입니다」, 안전보건공단 공식블로그, 2018. 11. 2.

[***] 주경희, 「임상 간호사의 감정노동과 직무 스트레스」, 연세대학교 보건대학원 석사학위 논문, 2017, 5쪽. 발행은 2018년.

[****] 염영희, 「병원간호사의 감정노동에 관한 연구」, 병원간호사회 복지위원회, 2016.

보호해주지 않고 때로 환자와 보호자는 간호사가 병원을 떠나게 하는 '갑질 고객'이 되기도 한다"라고 말한다. 그는 환자 보호자들에게 폭행을 당한 동료가 아무런 보호도 받지 못하는 걸 지켜봐야 했다. 그리고 자괴감에 스스로 병원을 떠나고 만다.

백의의 전사戰士 나이팅게일

우리나라의 간호사 면허 소지자는 약 48만 명(2022년 말 기준)*. 그러나 이 중 병원에서 근무하는 임상 간호사는 절반을 겨우 넘는 25만 4천여 명에 불과하다. 간호사 면허와 관련 없는 일을 하는 사람들이 4만 명이 넘고, 아무런 경제활동을 하지 않는 비활동 간호사도 10만 명이나 된다.

간호사가 병원을 떠나는 이유는 다양하다. 과도한 업무량과 열악한 근무 환경이 주된 이유로 꼽히는데, 이 안에는 분명 진상 환자나 보호자의 갑질도 포함되었을 것

---

* 「제1차 간호인력 전문위원회 개최」, 보건복지부 보도자료, 2023. 11. 1.

이다. 확실한 건 의료 기관에서는 만성적으로 간호 인력 부족에 시달리며, 이 상태에서 제공되는 의료서비스의 가장 큰 피해자는 환자라는 점이다. 복지부에 따르면 올해 현재 국내 상급종합병원에서 간호사 1명당 평균 환자 수는 16.3명으로 미국(5.3명)·일본(7.0명) 등 주요 선진국의 2~3배에 이른다.* 돌봐야 할 자녀들이 16명이나 되는 가정의 싱글맘(또는 부)이라고 생각하면 심각성을 쉽게 공감할 수 있을 것이다.

환우 카페에서는 '간호사가 너무 사무적이고 친절하지 않다'며 불만을 가지는 환자와 그 가족들의 글을 간혹 볼 수 있다. 환자에게 헌신하겠다며 '나이팅게일 선서'까지 한 사람들이 어떻게 환자인 본인에게 불친절할 수 있느냐는 것이다. 그런데 그 사람들은 알까, 사실 나이팅게일은 '백의의 천사'가 아니라 '전사'에 더 가까운 모습이었다는 것을.

나이팅게일은 단순히 밤낮없이 환자들을 돌보는 친절한 간병인으로만 간호사의 역할을 한정시키지 않았다.

---

* 천호성, "간호사 1명당 환자수 선진국 3배… 16명→5명으로 줄인다", 한겨레신문, 2023년 4월 25일자.

그는 병원 위생의 선구자였으며, 과학적 근거 제시를 통해 병원 시스템을 개혁한 통계학자였고, 200여 편이 넘는 저술로 전문직으로서의 간호사를 양성하는 데 힘쓴 현대 간호의 창시자였다. 이로 인해 의료 환경과 환자들의 상태가 대폭 개선됐음은 두말할 필요도 없다.

부디 간호가 필요한 사람들 때문에 간호를 그만두는 모순된 일은 일어나지 않았으면 하는 마음이다. 식당에 '손님이 왕'이라는 문구가 걸렸다 하더라도 폭군처럼 행동하면 안 되듯이, 환자를 위해 헌신한다고 간호사를 헌신짝 취급하면 아니 되지 않겠는가. (물론 대다수의 환자들은 간호사를 포함한 의료진과 병원 근무자들을 항상 존중하고 존경하며 감사해 마지않는다고 덧붙여본다.) 환자 본인에 대한 맹목적인 친절을 바라기보다는 의료계의 해묵은 이슈들을 해결하고, 의료진 근무 환경 개선, 환자들의 알 권리와 편의를 찾는 데 조금 더 관심을 기울이면 어떨까. 의료인들의 권리는 물론 언젠가는, 언제라도 환자가 될 수 있는 내 사랑하는 가족과 친구들, 그리고 미래의 나를 위해서 말이다.

방사선 치료로
슈퍼히어로가 되기까지

표준 치료, 이제 끝!

"제로입니다. 지금입니다. 뎁스 맞출게요."*

방사선사 두 명이 척척 호흡을 맞추며 알 듯 모를 듯한 신호를 서로 주고받는다. 내가 누운 침대의 높낮이를 조정해가며, 반라의 내 몸뚱어리를 들었다 놨다 하며 제로를 맞추고 뎁스를 맞춘다.

환상의 콤비가 퇴장한 후에는 숨 쉬는 것도 조심한 채 꼼짝 마 자세로 몇 분을 버틴다. 방사선 기계가 침상 주위

---

* 들리는 대로 옮겨 적어 맞는 용어인지는 모르겠으나, 제로zero와 뎁스 depth가 아닐까 추측해본다.

를 빙글빙글 돌며 기괴한 소음을 만든다. 지이잉, 머릿속을 울리는 소리가 약간은 익숙하게 느껴지는 이유는 흡사 화면조정 시간에 나오는 TV 소리 또는 PC통신 연결 소리와 비슷해서 그런 것 같다.

침대에 닿는 엉치 부분이 너무 배겨 얇은 천을 하나 깔아주셨지만 크게 도움이 되진 않는다. 잔뜩 튀어나온 꼬리뼈의 존재감을 느끼며, 나는 진화가 덜 된 걸까, 원래 이 모양으로 태어난 걸까, 아니면 살이 조금 빠져서 그런 걸까…… 별의별 쓸데없는 생각을 하다 보면 어느새 치료 끝. 방사선 치료에는 약 10분에서 15분 정도의 시간이 소요된다.

방사선, 표준 치료의 마지막 단계

수술한 지 한 달 반 만에 드디어 방사선 치료를 시작했다. 표준 치료의 마지막 단계다. 암 덩어리를 잡초에 비유한다면, 잡초를 뽑는 건 수술, 제초제를 뿌리는 건 항암이라고 할 수 있다. 이어 방사선 치료는 아예 땅에 불을 질러 잡초 따위가 뿌리를 내릴 수 없도록 하는 마무리 단계다.

방사선radiation은 눈에 보이지 않고 냄새도 없으며 몸에 닿는 느낌도 전혀 없으나 엄청난 에너지를 내뿜는 물질이다. 방사선은 신체를 투과하며 세포 내에서 전리電離현상*을 일으키는데, 이는 세포의 DNA 또는 화학적인 변성을 초래해 세포를 죽게 한다. 이때 정상조직과 종양조직 모두 손상을 입지만, 정상조직은 어느 정도 시간이 지나면 회복이 되는 반면 종양조직은 회복이 되지 않는데, 이러한 회복 속도의 차이를 이용해 암을 치료하는 것이다(국립암센터).

하지만 방사선은 정확성·안정성·객관성이 담보되지 않으면 심각한 의료사고로 이어질 수 있다. 과도한 방사선은 병을 치료하긴커녕 오히려 병을 일으키는 원인이 되기도 한다. (방사능 물질 피폭에 의한 질병 및 각종 후유증은 SF 영화에서뿐만 아니라 현실 세계에서도 많이 일어나는 일이다.) 따라서 방사선 치료의 핵심은 얼마나 정확하고 정밀하게 방사선을 조사照射하느냐에 달렸는데, 이를 위해서 의사, 간호사, 방사선사뿐만 아니라 고도의 전문성을 가진 물리학자까지 동원된다고 한다.

---

* 전리 현상ionization: 물질을 구성하는 일부의 원소에서 외곽 전자를 분리시켜 이온을 만드는 현상.

내 몸은 스케치북?

환자들은 본격적인 방사선 치료에 앞서 면밀한 모의 치료와 설계 과정을 거친다. 열이면 열, 백이면 백, 모두 다른 신체 조건을 가졌기 때문에 방사선 조사량, 치료 기간, 치료 범위도 환자별로 모두 다르게 설정해야 하기 때문이다.

우선 CT(컴퓨터 단층 촬영) 검사를 통해 치료할 종양 부위와 주변 정상조직을 3차원적으로 파악하는데, 이때 특수한 잉크로 가슴을 포함해 명치, 옆구리, 겨드랑이 등에 그림을 그린다. 이는 방사선이 조사될 위치 표시를 위한 기준선들이다. 관건은 방사선 치료가 시작될 때까지(모의 치료 후 약 2~3주 소요) 이 선들이 지워지지 않도록 조심하는 것. 비누칠은 금물이고 최대한 짧은 시간에 샤워를 마쳐야 한다. 땀을 많이 흘리는 운동도 자제하는 게 좋다. 몸무게가 지나치게 빠지거나 느는 것도 지양해야 한다. 기준선이 지워지거나 신체가 변형(?)된 경우 처음부터 설계를 다시 해야 하는 불상사가 발생할 수도 있기 때문이다. (추가 비용과 시간이 그만큼 더 소요된다.)

내가 받아야 할 방사 횟수는 총 10회였다. 주말과 빨간

날을 제외하고 매일매일 병원에 가야 한다는 번거로움 외에는 어려울 게 하나도 없었다. 도착 즉시 접수를 하고, 탈의실에서 옷을 갈아입고, 순서가 되면 치료실로 들어간다. 그 이후 과정은 글 첫머리에 설명한 바와 같다. 환상의 콤비, 방사선사들만 믿고 침대에 잘 누워 있기만 하면 된다.

이렇듯 방사선 치료는 항암이나 수술과 비교해 상대적으로 환자가 수월하게 치료받는다는 장점이 있다. 그러나 여느 치료와 마찬가지로 부작용이 아예 없는 건 아니다. 약간의 피로감과 함께 조사 부위에 열감과 쓰라림이 느껴지기도 한다. 대부분 경미한 정도지만, 심한 경우에는 화상을 입은 것처럼 피부가 벗겨지고 물집이 잡힐 수도 있다. 드물게 폐렴이나 심장독성 등의 후유증도 발생할 수 있다고 한다. 피부 진정과 보습에 좋다는 알로에겔을 꾸준히 발라준 덕분인지, 나의 경우 병변에 다소 열감이 느껴진 것 말고는 큰 부작용은 발생하지 않았다. 정말 다행이다.

일단 끝

월화수목금퇼. 방사선 치료는 마치 눈 깜짝할 새 없어지
는 주말과 같이 빠르게 지나갔다. (물론 하나도 아쉽진 않
다.) 항암이나 수술에 비하면 정말 식은 죽 먹기였다. (물
론 또 하고 싶진 않다.) 방사선종양학과 의사와는 1년 반 후
에나 다시 뵙기로 했다. (아무래도 의사는 자주 보지 않는 게
좋다.)

이로써 드디어 표준 치료가 끝났다. 1차 항암을 전년도
10월에 시작했고, 마지막 방사를 5월에 끝냈으니, 꼬박
7개월이 걸렸다. 표적 치료는 연말까지 계속될 예정이나,
큰 과정은 모두 끝났다고 봐도 무리가 아니다. 아직도 몸
여기저기가 삐거덕거리지만, 마음만은 슈퍼히어로처럼
벅차다. 크고 작은 항암 부작용은 아직 남았으나 시간이
지날수록 옅어질 것이고, 가발 없이 외출하기에는 조금
용기가 필요하지만, 머리카락도 시나브로 자라고 있다.

마지막 방사를 마치고 집에 온 날, 아이들의 서프라이
즈 축하가 있었다. 저녁을 먹다 말고 둘이서 소곤소곤 귓
속말을 하더니 첫째는 갑자기 준비물 살 게 생각났다며
나가버리고, 둘째는 주방 서랍을 뒤져 라이터를 찾아 들

더니 언니를 쫓아갔다. 나보고는 꼭 눈을 감고 현관 앞에
서 기다리고 있으라면서 말이다.

"치료 마침 축하합니다~ 치료 축하합니다~"
치료를 축하한다는 건지, 치료를 끝마친 걸 축하한다
는 건지…… 편의점 빵에 초를 하나 꽂고 정리가 덜 된 가
사를 붙인 노래를 부르며 나타난 아이들. 발 연기도 감동
을 막을 순 없었다. 다 알면서도 놀란 척, 서로를 꼭 끌어
안고 고맙다고 토닥토닥, 수고했다고 토닥토닥, 다시는
아프지 말자고 토닥토닥.

암에는 프리미엄이 붙는다

내 앞에 새로운 세계가 열리다

아이들을 좋아하기는커녕 큰 관심조차 두지 않았던 내게 첫째의 임신과 함께 펼쳐진 육아의 세계는 그야말로 놀라웠다. 마트 코너 한편을 가득 채운 분유와 기저귀 판매 코너, 백화점 한 층을 가득 메운 의류와 육아용품이 눈에 띄기 시작했고, '문센(문화센터)'과 '키카(키즈카페)'는 온통 주말 일상이 되었다. 그전까지는 존재조차 인식하지 못했던 육아 시장이 마치 영화에서나 보던 '멀티버스'처럼 나에게 열린 것이다.

15년 전 경험했던 육아 멀티버스처럼 나는 또 한 번 새로운 멀티버스에 발을 들이게 되었다. 이번에는 '암'이라는 이름의 세계였다. 어렴풋이 알기는 했지만, 직접 경험하게 될 줄은 꿈에도 몰랐던 세계 말이다.

암 프리미엄, 실제 효과는?

병원에서의 진료와 치료는 그저 서막에 불과했다. 더 크고 세분화된 암 시장이 기다리고 있었다. 요양병원과 영양제, 음식과 화장품, 가발, 옷 등 온갖 물품과 서비스가 암 환자를 위해 준비되어 있다. '암 환자를 위한' 또는 '암 예방을 위한'이라는 문구가 추가됨과 동시에 서비스나 물품 가격이 훌쩍 뛰기도 한다. 이른바 '암 프리미엄'이 붙는 것이다.

이런 암 프리미엄 상품들이 실제로 투병 생활에 도움이 되는지는 쉽게 단정 지을 수 없다. 환자 개개인의 상황이 모두 다르기 때문이다. 그러나 확실한 건 그런 암 프리미엄 상품들이 마음의 안정을 돕는 효과가 있다는 것이다. 비싼 영양제를 맞았으니 더 괜찮아질 거라는 희망, 비싼 가발이 더 자연스러워 보일 것이라는 믿음 말이다. 목숨을 담보로 한 상술이라고 생각하면 또 한도 끝도 없지만, 반대로 목숨이 걸린 상황이므로 내 몸을 위한 투자라고 생각할 수도 있다. 뭣이 중하겠는가, 돈이 얼마가 됐든 결국 살아야 하지 않겠는가.

그러나 가성비와 필요 여부를 차근차근 따져보기도 전에 '혹시 모를' 불안을 잠재우기 위해 불필요한 소비부터 먼저 하는 경우도 많다. 암 진단을 받은 후에야 비로소 자신을 돌보기 시작하는 등 보상 심리가 발현되는 것이다.

암 프리미엄 시장에는 어떤 것들이 있을까?
경험자가 전하는 팁!

앞서 말했듯이, 환자 개개인이 겪는 암의 종류나 위중함, 그리고 금전적 상황이 모두 다르기 때문에 특정한 '암 프리미엄' 서비스나 상품이 필요한지, 또는 도움이 되는지에 대한 정답은 없다고 생각한다. 내 경험만 놓고 봐도 그렇다. 하지만 유방암을 처음 겪으며 혼란스러워하는 분들에게 조금이라도 도움이 되기를 바라는 마음에서 내가 경험한 부분에 대해 간략한 정보와 솔직한 후기를 공유한다.

요양병원

영양가 높은 식단과 숙박이 제공되고, 진료, 영양주사, 도수 치료 등 의료진에게 받을 수 있는 서비스와 요가교실, 만들기, 그림 그리기 등 문화센터와 같은 프로그램들도 제공된다. 마치 산후조리원처럼, '암 동기'들과의 유대감도 형성할 수 있다. 셔틀버스 서비스도 제공하여 병원에서 장시간 항암 주사를 맞고 난 후 요양병원까지 편하게 이동할 수도 있다. 지방에 거주하는 환자들이 서울 병원을 이용할 때 (또는 그 반대의 경우에도) 유용하다. 한 달 약 500만 원에 육박하는 금액이 거의 유일한 부담이다. 1인실을 선택할 경우 금액은 더 올라갈 수도 있다. 이처럼 사악한 가격 때문에 사보험 혜택을 받을 수 있는 환자들이 주로 이용한다.

솔직한 후기 나는 들어둔 보험이 없어 처음부터 요양병원 이용은 선택지가 아니었다. 3차 항암을 앞둔 시점에 아이들이 코로나에 걸리는 바람에 그걸 핑계 삼아 요양병원으로 피신을 가보려고 시도는 했다. 다만 이내 나도 전염되는 바람에 요양병원은커녕 가택연금 상태가 되고 말았다. (암에 코로나라니!) 요양병원을 이용한 적이 없기 때문에 장단점을 논하기는 어렵지만, 휴양과 치료에만 집중할 수 있다는 점에서는 좋을 것 같다는 의견이다. 삼시 세끼 밥을 차릴 필요가 없다는 것도 굉장한 장점이다. 물론 비용 부담만 없다면 말이다.

영양주사/보충제/산소 치료

시중에는 면역력 강화와 항암 부작용 완화 목적의 주사제와 영양 보충제도 있다. 잠수함처럼 생긴 밀폐된 공간에서 산소를 투입받는 '고압 산소 치료'도 암 치료 또는 예방을 위한 면역력 강화에 도움이 된다고 한다. '고농도 비타민 C' 주사나 '미슬토' 주사들도 마찬가지다. 몸을 '클렌징'해준다는 단식 용품도 인기리에 판매되고 있다. 환우 커뮤니티에서는 이들 치료를 받고는 확실히 몸이 좋아지는 것 같았다는 후기들이 많았다.

솔직한 후기 요양병원에 가지 않더라도 어렵지 않게 받을 수 있는 치료였지만 나는 영양은 과해서 문제지 적어서 문제는 아닐 것이라는 믿음을 가지고 버텨보았다. 암癌이라는 한자가 가진 의미처럼 말이다. (입 구口 자가 세 개나 있는 '암'은 많이 먹어서 생기는 병이라고 해석하기도 한다.)

암 환자용 식단

유기농 식재료로 만들어진 식단이나, 특정 영양소가 풍부한 슈퍼 푸드를 활용한 맞춤형 식단 서비스. 튀기거나 구운 요리 대신 찌거나 채소를 중심으로 한 균형 잡힌 식단으로 이루어진 밀키트를 판매, 배송하는 사이트들도 있다. 시중에는 항암 치료로 약해진 소화기관을 위해 손쉽고 간단하게 복용할 수 있는 드링크제도 판매한다.

솔직한 후기 항암 기간 중에는 입맛이 통 없다. 소화불량과 설사도 자주 겪는다. 무얼 먹고, 무얼 가리고 할 새도 없이 일단 입에 맞으면 무조건 먹어두라는 의사의 조언을 충실히 따랐다. 혹시 모를 감염 등을 피하기 위해 생선회 등 날것만 피하는 정도로 식단을 조정했다. 컨디션이 좋지 않은 날 주로 먹은 건 잘 차려진 식단이 아닌 누룽지와 죽, 그리고 새콤달콤한 냉면이었다.

의류

항암 환자들의 민감해진 피부를 보호하기 위해 유기농 순면으로 만든 모자나 의류가 판매된다. 유기농 면 인증 여부나 브랜드에 따라 더 높은 가격대가 형성되기도 한다. 가슴 수술 후 입는 기능성 브라나 탈모로 인한 두피를 보호하기 위한 두건은 '머스트 바이' 아이템에 포함된다.

솔직한 후기 투병 기간 중에는 외출이 잦지 않아 옷 살 일이 거의 없었다. 활동하기에 좋은 운동복을 두어 벌 산 것 외에는 지출이 가장 줄어들었던 분야가 바로 의류이다. 그러나 민머리를 가리기 위한 두건은 필수로 구입해야 하는 아이템이다. 나는 디자인을 달리한 실내용 두건 세 장, 겨울철 보온을 위한 외출용 두건 두 장을 마련해 번갈아 가면서 잘 착용했다. (두건 한 장에 2만 원이 넘는 건 좀 충격적이었다.)

수술 부위와 직접적으로 맞닿는 브라도 신경 써야 할 부분 중 하나다. 수술 후에는 와이어 없이도 가슴을 잘 받쳐줄 수 있는 스포츠브라를 인터넷 쇼핑몰에서 저렴하게 구매했다(약 2만 원대). 레이스와 보석이 달린 예쁜 속옷이 가끔 그립긴 하지만, 나이가 들어서 그런지 편안한 게 최고인 것 같다.

가발

항암 치료를 거쳐야 하는 여성 환자라면 가장 시급하고

중요하게 살펴보는 용품일 듯하다. 가발의 세계도 꽤 세분화되어 있는데, 크게 합성섬유로 만들어진 저렴한 패션 가발과, 천연 인모人毛로 제작되는 고급 가발로 나눌 수 있다. 패션 가발은 몇만 원~10만 원대로 부담이 적고 기성품이라 구매하기가 쉽다. 하지만 착용감과 자연스러움이 인모 가발보다는 비교적 떨어진다. 인모 가발은 합성 가발보다 자연스럽고 착용감도 좋지만 보통 백만 원대 이상을 호가하는 등 가격대가 부담스럽다. 대부분 맞춤형으로 제작되어 주문 후 1~2개월을 기다려야 하는 것도 아쉬운 부분이다.

솔직한 후기 막연한 두려움과 상실감으로 온갖 용품 중에 가발을 사는 데 가장 큰 시간과 돈을 들인 것 같다. 약 150만 원을 들여 비싼 인모 가발을 장만했지만 그것보다 8만 원짜리 패션 가발이 훨씬 맘에 들어 더 자주 이용했다. 두건과 콤비로 사용할 수 있는 머리띠형 앞머리 가발도 가끔 착용했는데, 불편해서 오래 쓰긴 어려웠다. 더욱이 머리카락이 삐쭉삐쭉 올라오던 여름부터는 가발과 졸업했으니 총 착용 기간은 6개월이 채 되지 않는다. 돈이 조금 아까웠던 아이템이라고 할 수 있겠다.

저렴한 패션 가발을 시도해보고 자신에게 어울리는 디자인과 착용감을 먼저 파악하는 것을 추천한다. 항암 치료 시점이 겨울이고, 외출할 일이 많지 않다면 모자나 비니로 버티는 것도 고려할 만하다. 물론 높아가는 불안함과 낮아지는 자신감을 피할 방법이 없다면 배송 일정을 고려해 일찌감치 인모 가발을 주문해놓는 것도 방법이다.

스킨케어 용품

샴푸, 컨디셔너, 스킨, 로션, 비누, 바디로션, 손발톱·속눈썹 영양제 등 항암 치료로 인해 민감해진 피부를 보호하고 진정시키기 위한 제품들도 눈에 들어올 것이다. 해당 제품들은 유기농 재료, 무향료, 무독성 등의 키워드를 강조한다.

솔직한 후기 암 환자용 화장품 브랜드도 있지만, 나는 그냥 시중에서 판매하는 순한 아기용 클렌저와 로션을 사용했다. 아기가 쓸 정도의 순한 제품이면 암 환자에게도 똑같이 적용될 수 있지 않을까 하는 나름 합리적인 생각에서 비롯된 결정이다.

이 또한 지나가리라

아이가 자라면서 육아의 세계에서 점점 멀어지듯, 치료를 마치고 나니 암의 세계에서도 조금씩 멀어져 간다. 육아의 추억은 때론 아쉽고 그립지만, 암 투병은 다시 겪고 싶지 않다는 점에서 두 경험은 확연히 다르다.

'암 멀티버스' 세계에 갓 진입한 사람들에게 가장 확실한 것 두 가지만 기억하라고 조언하고 싶다. 이 시간은 지나갈 것이고, 당신은 분명히 나을 거라는 것.

결국 육아나 투병이나 인생 전체를 놓고 보면 찰나에 불과하다. 그러니 암의 세계에서 수많은 선택지 앞에 놓였더라도, 현재의 고통에 매몰돼 불필요한 소비를 하지 않기 바란다. 과거의 나에게 보상하기보다 미래의 나를 위해 필요한 걸 고민해보는 건 어떨까. 나를 위한 투자와 소비는 일상으로 돌아왔을 때 더욱 의미 있을 테니까.

마지막 말 한마디

1년여의 투병 기간 동안에 죽음이 두려워진 적이 딱 한 번 있다. 수술을 앞두고서다.

매년 건강검진을 할 때 위내시경 검사를 위한 수면마취를 경험한 적은 있지만, 수술 때문에 몇 시간에 걸쳐 전신마취를 하는 것은 처음이었다. 수술 날짜가 다가오자 혹시라도 깨어나지 않으면 어쩌나 덜컥 겁이 났다.

그대로 깨어나지 않을 때를 대비해 유서를 써놓기로 했다. 많지도 않은 재산은 법이 알아서 나누어줄 것이므로, 유서에는 내가 기억했으면 좋겠고, 나를 기억해주었으면 좋겠을 한 명 한 명을 떠올리며 남기고 싶은 말들을 적어보았다.

사랑하는 두 딸, 색깔 있는 사람이 되거라. 이왕이면 밝은
색이었으면 좋겠다. 그리고 평생 서로 챙기고 의지하렴.
소윤아, 엄마는 너를 낳고 정말 행복했단다. 나윤이 잘 챙
기기 바란다. 나윤아, 나와 꼭 닮아 더 예쁜 내 새끼. 언니
말 잘 들어라.

엄빠, 태어나게 해줘서 고마웠어. 두 분 백년해로하셔.

내가 큰맘 먹고 산 M브랜드 코트는 올케 가져. 큰 키에
잘 어울릴 거야.

자타 공인 내 베프 주희, 항상 거기 있어줘서 고마워. 인
생 별거 없더라. 그래도 사는 동안은 최대한 행복해야 해.

때려 마시자 식구들! 회사 다니면서 당신들을 만난 건 정
말 행운이었어요. 이제는 함께할 수 없게 됐지만, 마지막
으로 당신들과의 술잔을 헤아려봅니다.

계절이 지나가는 하늘에는 / 술잔으로 가득 차 있습니다.
나는 아무 걱정도 없이 / 당신들과의 술잔들을 다 헤일
듯합니다.
술 한잔에 추억과 / 술 한잔에 사랑과 / 술 한잔에 쓸쓸
함과⋯⋯

한 명 한 명을 떠올리다 보니 웬걸, 정말 미운 사람은
생각나지도 않는다. 역시 마지막에 남는 건 미움보다는
사랑인가 보다. Love wins all.
그리고 가장 마지막으로 남겨두었던 한 사람, 내 남편
김종욱.

정말 사랑했던 옛 남친

남편과는 회사 동기의 소개로 만났다. 첫 만남에 겨우 몇
마디를 나눴을 뿐이지만 나는 알 수 있었다. '아, 이 사람
과 결혼하겠구나.'
외모와 말투, 자연스럽게 대화를 이끌어가는 스킬까
지, 모든 게 이상형에 꼭 들어맞는 사람이었다. 결코 잘생
겼다고 할 순 없으나, 내 마음에 꼭 드는 외모였고 조금은

많은 듯한 다섯 살의 나이 차이는 부담스럽기보다 오히려 믿음직스럽게 느껴졌다.

특히 맘에 드는 건 성격이었다. 이성적이고 차분했다. 매사 불같이 활활 타오르는 친정 식구들과 반대로 남편은 화가 나면 오히려 얼음처럼 차가워졌다. 절대 언성을 높이지 않았고, 말을 뱉어내는 대신 속으로 삭였다. 싫으면 싫은 티를, 좋으면 좋은 티를 꼭 내야 직성이 풀리는 나와는 달랐다. 쉬어 가는 법을 알고 적당히 거리 두는 법을 알았다.

결혼식 날에는 정말 행복했다. 평범한 두 사람이 만나 특별하게 살아가겠노라고 하객 앞에서 약속했고, 실제로 그랬다. 정말 사랑했다.

그랬던 그가 변했다. 아니다, 내가 변했다

공감 능력을 가르는 유명한 한마디, "나 우울해서 빵 샀어"라는 말을 던졌을 때 "왜 우울했어?"라고 되물으면 상대방의 감정에 관심을 기울이는 공감 능력이 높은 사람이라는 말이 있다. 남편은 단번에 "무슨 빵? 빵을 왜 사?"라고 답했던 사람이다. 나의 암 진단에도 이 사람은 놀라지 않았고, 항암 치료 후 민머리가 된 나를 봤을 때도 눈 하나 깜짝하지 않았다. 항암 부작용으로 "눈이 계속 침침하고 아프네" 하면 "나도 눈 아픈데, 비염인지 코도 막히더라" 대답하는 이 사람. 이 냉정하고 이기적인 인간 같으니라고.

오랜 기간 함께 살다 보니 남들에게 말 못 할 여러 가지 일들도 겪었고, 그때마다 악을 쓰며 울기도 했다. 하지만 깊은 대화를 나누고 내가 원하는 모습을 이끌어내기엔 우린 너무 달랐다.

사실 변한 건 그가 아니라 바로 나다. 세월이 지나자 비로소 내 눈에 씌었던 콩깍지가 벗겨진 것이다. 이성적인 성격은 공감력 부족으로, 적당한 거리 두기는 게으름의 형태로 비치기 시작했다. 그는 그 모습 그대로 한결같이 그 자리에 있을 뿐인데, 변한 건 결국 나였던 걸로.

한동안은 섭섭한 마음이 미움이 되고, 기대가 원망으로 바뀔 때도 있었지만, 이제는 다 놓아버렸다. 반대로 생각하면 또 미안한 마음도 든다. 이 사람은 무슨 죄가 있어서, 암 환자의 남편으로 나의 고통을 함께 지고 가야 한단 말인가. 어쩌면 이 사람도 내 생각보다 훨씬 더 많이 힘들 수 있다는 생각도 든다. 적당한 체념과 조금의 이해, 그리

고 현실과의 타협으로 조금씩 겨우 나와의 결혼 생활을
연장해가는 그에게, 다음과 같이 마지막 한마디를 남기
기로 했다.

남편에게,

내가 가면 아이들을 잘 부탁해. 너무 슬퍼하진 않겠지만
그래도 살면서 틈틈이 생각해주면 고맙겠네. 다음 생에
서는 당신이 바라는 대로 나무가 되어 모든 풍파에서 멀
어지길 바라. 예전엔 빈말이라도 다시 만나자는 말을 안
해서 조금 섭섭했지만, 지금은 이번 생에서 희로애락을
함께 겪은 것만으로 충분하다고 생각해.

혹시나, 다른 사람을 또 만난다면, 그 사람에게는 표현을
많이 해줘. 잘 들어주고 공감해줘. 내일이 없는 것처럼 사
랑하고, 죽어도 여한이 없을 정도로 행복했으면 좋겠어.
나도 행복했어. 잘 있어.

Part 3

유쾌한 달수 씨

환자란 무엇인가,
환자다움이란 무엇인가

특별함과 일상 사이

환자 vs 환자다움

표준국어대사전에 의하면 환자는 '병들거나 다쳐서 치료
를 받아야 할 사람'을 뜻한다. 그런데 '환자'와 '환자다움'
에는 조금 차이가 있다. 환자다움은 병들거나 다친 그 상
태가 아닌, 환자로서 스스로 느끼는 본인의 모습이자, 타
인으로부터 기대받는 모습을 뜻한다(고 나는 생각한다).
그리고 환자다움은 종종 연약하고, 유약하고, 나약한 '을'
의 모습을 띤다.

병을 앓는 일이 죄를 짓는 일처럼, 사람들 앞에 서면 어느 사이 마음이 을의 자세를 취하게 된다.[*]

철학자 김진영 선생은 암 진단을 받고 얼마 지나지 않아 이렇게 메모를 남겼다. 그가 느낀 환자다운 모습은 죄인이고 을이다.

죄인인 것이다. 환자는 무언가 잘못한 죄인이다. 늘 도움을 받아야 하고, 그래서 부끄럽고, 미안해하는, 그렇게 오늘도 을이어야 한다. 아무도 뭐라 한 적도, 눈치를 준 일도 없건만 고개를 들고 큰소리로 말하지 못한다.[**]

암 환자를 여럿 돌보았던 재활의학전문의 양은주 교수도 김진영 선생과 생각을 같이한다. 환자가 느끼는 절망감을 이렇게 표현했다.

그렇다. 암 환자들이 느끼는 자신의 모습은 이 표현들과 별반 다르지 않다. 고통이 엄습해 오면 몸은 자연스럽

---

[*] 김진영, 『아침의 피아노』, 한겨레출판, 2018, 30쪽.

[**] 양은주, 「갑들에게 을이」, 의협신문, 2018년 11월 5일자.

게 움츠러들고, 마음은 흙빛으로 가득 찬다. 가족들에게는 마음의 빚이 켜켜이 쌓이고, 주변 사람들에게는 나를 드러내기보다 오히려 숨고 싶어진다.

하지만 환자다움은 어느 한 가지만으로 정의할 수 없다. 유약하다고 불쌍한 것도, 연약하다고 불행한 것도, 나약하다고 무능한 것도 아니다. 죄인의 마음이라고 진짜로 죄인은 아니고, 을의 자세를 취한다고 정말 을이 아니지 않은가.

환자다움 vs 암적 이득

환자다움을 기대하는 사람들이 있다. 건강해 보이고 행복해 보이는 환자들, 일상을 누리는 환자들을 그들은 쉽게 이해하지 못한다. 그리고 자신이 목도한 환자의 모습이 자신이 기대한 환자다운 모습에 충족되지 않으면 걱정을 넘어서 의심하고 비난한다.

몇 년 전 인기리에 방영됐던 서바이벌 음악 프로그램에서 우승한 한 가수는 출연 당시 암 말기 환자였다. 그러나 활기 넘치는 그의 모습에 일부 네티즌들은 의심의 눈을 거두지 않았다. 역경을 이겨내고 우승까지 차지한 인간 승리 스토리를 그들은 '거짓말'이라고 생각했다.

"암 말기 환자들은 병상에서 골골대고 누워서 얌전히 눈감을 때를 기다리는 게 보통"인데 "무대 위에서 멀쩡하게, 심지어 에너지 넘치는 모습으로 저런 화려한 퍼포먼스를 선보이는 것은 불가능"하다는 것이 그들의 주장이었다. 그의 결혼과 출산 소식이 들려왔을 때도 마찬가지였다. "암 말기라면서 결혼과 출산이라니 암 환자라는 건 새빨간 거짓말"이라며 그를 매도했다. 그의 부고가 떴을 때 그들은 마침내 만족했을까?

비슷한 상황이 나에게도 있었다. 질병으로 인해 휴직을 하게 되었다고 어렵게 이야기를 꺼내는 나에게, "안 아파 보이는데? 나도 (일하느라 힘든데) 병가나 낼까?"라고 말하는 사람도 있었고, 나의 소소한(?) 활동을 알리는 SNS 포스팅을 보고 "쓸데없는 오해를 살 수 있으니 (그런 포스팅은 올리지 말고) 최대한 아픈 척해야 한다"며 조언한 사람도 있었다.

기초 수급 대상자는 감히 돈가스를 시켜 먹으면 안 되고, 아파트 경비원은 감히 해외여행을 가선 안 된다고 생각하는 것과 무엇이 다를까. 왜 환자는 일상을 누릴 권리가 없다고, 적어도 일상을 누리는 걸 들켜선 안 된다고 생각하는 것일까.

환자다움이 기대치에 못 미치는 환자는 '암적 이득'을 바라는 존재로 비추어지기도 한다. '암적 이득Cancer Perk'은『잘못은 우리 별에 있어』라는 소설에 등장하는 용어다. 평범한 아이(사람)들은 얻지 못하지만 암 환자는 얻을 수 있는 사소한 것들, 예컨대 스포츠 스타가 사인한 야구공, 숙제를 늦게 내도 그냥 넘어가는 것, 실력이 부족한데도 운전면허를 얻는 것 등을 말한다.* 동정과 시혜를 그냥 그렇게 표현하는 것뿐이다.

음악 프로그램에서의 우승과 1년간의 질병 휴직이 암적 이득이라고 생각하는가? 부러운가? 그러면 당신들도 한번 아파보든지, 암에 걸려보든지. 차마 입 밖으로 내진 못했지만, 이런 못난 생각이 불쑥불쑥 튀어나올 때도 있다. 암 환자가 되고 나서 정말 다양한 경험과 호의와 혜택을 누릴 수 있었지만, 억만금을 준대도 다시는 반복하고 싶지 않은 과정임을 당신들은 왜 모를까.

---

* 　존 그린,『잘못은 우리 별에 있어』, 김지원 옮김, 북폴리오, 2019, 28쪽.

내가 환자답지 못한 이유?

나는 암에 걸렸으므로 환자임에 틀림없다. 심지어 '국가 공인' 환자다. (암 진단을 받으면 향후 5년간 건강보험공단에 '중증질환 산정특례' 대상자로 등록된다.) 나는 암을 이유로 휴직을 했고, 그 기간 동안 건강을 회복할 임무를 부여받았다. 그리고 1년 동안 항암 - 수술 - 방사선으로 이어지는 표준 치료와 열두 번의 표적 치료 과정에 충실히 임했다. 나는 또 그 1년 동안 배달을 했고, 춤을 추었으며, 사회복지사가 되었다. 로또를 사 모았고, 봉사활동을 했으며, 글을 썼다. 그렇다면 나는 환자다웠나?

투병의 시간, 휴직 기간 동안의 이러한 경험들은 오해를 받기 십상이다. '병색이 완연한 모습으로 골골 누워' 있어야 할 전형적인 '환자다움'에 미치지 못하기 때문이다. 치료 과정이 힘들지 않았나? 존재감을 드러내고 싶었나? 씩씩해 보이고 싶었나? 모두 아니다. 난 그저 하릴없이 흘러가는 시간들이 아쉬웠고, 그 시간 동안 나를 불행에만 가두지 않겠다고 다짐했을 뿐이다.

억측과 오해가 생길 수 있음에도 불구하고 나의 경험들을 부러 펼쳐놓고 싶은 이유가 있다. 울지 않고 웃으면서 이야기하고 싶었다. (기존의 수많은 암 투병기들은 눈물로 시작해 눈물로 끝을 맺는 경향이 있다.) 나는 환자 당사자에게, 그 가족에게, 그 주변인들에게, 그리고 아플 수 있는 누구나에게 말해주고 싶었다. 암에 걸렸다고 만날 울면서 지내진 않는다고. 환자의 모습은 다양하다고. 두려움에 잠식당하지 말고 그냥 일상을 살라고.

지난 1년간의 나의 특별한 경험들은 사실은 '유쾌한 달수 씨'*의 일상일 뿐이다.

---

* '달수'는 웹툰 『달수 이야기』의 주인공으로 모종의 이유로 남장을 하고 다니지만 누구보다도 의리 있고 유쾌한 인물이다. 짧은 머리와 씩씩한 성격이 닮았다며 회사 동료들이 나에게 붙여준 별명이다.

배달의 기수

항암 기간을 보내는 가장 효과적인 방법

두툼한 기모 레깅스에 아무 티셔츠나 대충 걸치고, 엉덩
이를 덮는 긴 후드티를 겹쳐 입는다. 두 발에는 종아리까
지 올라오는 등산용 양말을, 양손에는 스크린 터치 기능
이 있는 장갑을 낀다. 발목까지 덮는 롱 패딩을 입고, 머
리에는 두꺼운 털모자를 귀까지 눌러쓴다. 마지막으로
마스크를 쓰고 두 눈만 빼꼼히 내놓은 채 길을 나선다. 어
깨에는 큼지막한 보랭백을 멘다. 추석 때였나, 설이었나,
선물로 들어온 고기가 담겼던, 꽤나 고급스러운 가방이
다. 이 가방에는 이제 고기 말고도 커피와 설렁탕, 햄버
거와 초밥 따위가 들어갈 예정이다. 피크 시간에 맞춰 부

지런히 발걸음을 옮긴다. 오늘은 몇 건이나 콜을 받을까? 두근두근 설레는 배달 가는 길.

배달의 민족, 배달의 기수

항암 치료가 시작되니 온몸이 무너져 내렸다. 끔찍한 고통에 마약성 진통제를 달고 살아도 그때뿐이다. 몸이 힘드니 마음까지 힘들다. 그러나 가만 누워서 할 수 있는 거라곤 없다. 지나간 날의 후회와 오지 않을 것 같은 완치의 그날을 하염없이 기다리는 것뿐.

나가야 했다. 어떻게든 밖으로 나가 체력을 키우고 머릿속을 환기시켜야 했다. 그러나 성치 않은 몸뚱이를 억지로 끌고 나서기엔 동기가 부족했다. 날씨를 핑계로, 컨디션을 핑계로 계속 계속 자리보전만 할 게 뻔했다. 그러다 문득 기가 막힌 생각이 떠올랐다. 그래, 배달을 하자!

우리 민족은 뭐다? 배달倍達의 민족이다. 오늘날 우리에게 더 널리 통용되는 배달이 그 배달이 아니라는 건 함정. 2020년대를 살아가는 오늘날의 배달配達의 민족은 방 안에서 손가락 하나로 손쉽게 음식을 시키거나, 식당과 손님 사이를 오가며 음식을 전달해주는 사람들을 뜻한다.

라이더, 커넥터 또는 단순하게 배달 파트너라고 불리는 오늘날의 배달의 기수들은 보통 오토바이를 이용하지만, 승용차, (전기)자전거 또는 킥보드를 이용하는 배달 기사들도 적지 않다. 탈것 대신 두 다리만 있으면 되는 도보 배달 기사도 있다. 도보 배달 기사에게는 거리(보통 1km 내외)와 음식량을 고려해 콜이 배정된다.

첫 배달의 추억

대표적인 배달 중계 플랫폼인 배×과 쿠×이츠 앱을 휴대폰에 깔았다. 회원 가입을 하고, 안전 교육 동영상을 시청하면 벌써 준비 끝. 첫 배달을 나가기 전 블로그 몇 개를 탐색해 선배(?) 도보 배달 기사들로부터 꿀팁을 몇 개 전수받았다. 그리고 두근대는 마음으로 집을 나섰다.

땡똥땡동 위잉위잉 번쩍번쩍, 휴대폰이 요란하게 울리기 시작했다. 첫 콜이다!

근처 삼계탕집에서 배달 요청이 왔다. 목적지는 식당에서 불과 350m거리의 아파트다. 정작 콜을 수락하고 나니 잔뜩 긴장이 됐지만, 초보 티를 내지 않으려고 최대한 자연스럽게 식당에 들어가 삼계탕 두 그릇을 픽업했다. 그리고 5분여 만에 배달 완료!

첫 배달을 성공적으로 마치고 기분이 매우 좋아졌다. 자신감도 생겼다. 바로 두 번째 콜이 잡혔다. 모 커피전문점의 음료 여덟 잔이었다. 첫 배달보다는 조금 난이도가 있었으나 역시 무사히 배달을 마쳤다. 배달 두 건으로 번 돈은 5,400원, 소요 시간은 약 45분. 최저 시급도 못 벌고 기진맥진해 집으로 돌아왔지만 여전히 가슴은 두근두근 뛰고 있었다. 배달 기사로서의 정체성이 새로 생긴 날. 방구석에서 탈출해 새로운 시도를 한 나 자신이 조금은 기특했다.

날이 좋아서, 날이 좋지 않아서, 날이 적당해서

그 후 몇 달간 나는 줄기차게 길 위에 나섰다. 처음이 어렵지 그다음은 쉬웠다. 심지어 재미있기까지 했다. 마치 포켓몬 잡기 게임 같았다.

골프에 빠진 사람들은 깃발만 보이면 남은 거리를 계산하고, 당구에 빠진 사람들은 칠판이 당구대로 보이며, 바둑에 빠진 사람들은 창문만 봐도 바둑판을 연상한다고 한다. 배달도 마찬가지였다. 이 동네는 언덕이 있어 배달하기 어려워, 저 식당은 내가 배달해본 적이 있는 곳이지, 이 건물 출입구는 뒤쪽에 있어서 다른 골목으로 가는 게 편한데…… 모든 장소를 배달과 연관해 생각하기 시작했다.

일어나자마자 날씨부터 확인하는 버릇도 생겼다. 오늘은 눈발이 조금 날리는 걸 보니 보너스 배달료가 많이 붙겠군, 오늘은 날씨가 따뜻하니 롱 패딩까지 입을 필요는 없겠어, 영하의 추위가 계속된다고? 핫팩을 하나 챙겨야겠다. 날이 좋아서, 날이 좋지 않아서, 날이 적당해서 배달하기 좋았다.

오토바이나 전기자전거 등 원동기를 이용하는 '라이더'들은 대부분 생계를 위해 전업으로 배달을 하는 반면, 도보 배달은 가정주부나 학생, 퇴근 후의 회사원 등 자투리 시간을 활용해 용돈벌이의 기회로 삼는 이들이 많은 것 같다. 그러나 돈 버는 게 목적이라면 도보 배달은 적절치 않다. 최저 시급을 겨우 맞추는 수준이며, 그마저도 오랜 시간 하긴 어렵다. 도보 배달로 부자가 되기란 여간 어려운 일이 아닐 게다.

하지만 운동을 목적으로 한다면, 도보 배달을 적극적으로 추천한다. 운동도 되고(1만 보 정도는 금세 채워진다),

동네 맛집까지 섭렵 가능한데, 심지어 돈까지 벌 수 있다. 가장 큰 장점은 아무래도 잡생각 없이 시간을 흘려보낼 수 있다는 점이다. 배달할 때만큼은 나는 암 환자가 아니라 그냥 음식 배달의 미션을 완수해야 하는 사람일 뿐이다. 털모자 안 머리카락의 존재 유무는 중요하지도 않고 아무도 신경 쓰지 않는다. 움직이는 동안에는 온몸의 통증도 사그라든다. 엄밀히 말하면 느낄 새가 없다는 게 맞는 표현일 거다. 가방을 들고 길 위에 나서면, 신을 원망하고, 사람을 원망하고, 스스로를 원망하던 방구석의 개똥철학자는 온데간데없어진다. '똥콜'을 거르고 '꿀콜'을 재빠르게 낚아채는 눈치, 목적지까지 최적의 동선을 계산하는 두뇌, 온전한 음식 상태를 위한 보랭백 컨트롤 근력을 가진 유능한 배달 기사만 남을 뿐이다. 오오, 환우 여러분, 모두 배달을 하십시오!

105건의 배달, 돈 벌어 어디에 썼냐고?

나의 즐거웠던 배달 기사 생활은 그러나 오래 지속되지 못했다. 항암 부작용인 부종과 수족증후군으로 걷기가 어려워진 데다, 눈도 잘 보이지 않게 되었기 때문이다.

'부활의 주간'을 기다려 도전을 이어가려 했으나 쉽지 않았고, 수술을 기점으로 완전히 접을 수밖에 없었다. (수술 후에는 팔을 잘 쓸 수가 없다.) 지금도 궂은 날이면 배달비를 올려줄 테니 어서 배달에 동참하라는 알림을 받는다. 마음이 동하긴 하지만 몸이 따라주지 않는다. 다만 그날들의 기억이 살포시 떠올라 미소를 지을 뿐이다.

항암 치료 기간 동안 내가 완수한 배달은 총 105건이었다. 지급받은 최종 배달 금액은 32만 5천 원. 나는 배달로 번 돈 전부를 모 노인복지센터에 기부했다. 말기암 독거 노인을 위한 시설이다.

지인들에게 배달 경험담을 들려주면, 십중팔구는 깜짝 놀라며 잔소리를 늘어놓는다. 아픈 사람이 쉬지는 않고 왜 이렇게 무리를 하냐는 것이다. 하지만 배달을 한 이유가 바로 그거였는걸. 아파서요. 아픈 걸 잊어야 했거든요. 생에서 가장 힘들었던 그 시기, 배달이 아니었으면 나는 우울한 마음에 잠식당해 혼자 땅굴을 파고들어가 영영 나오지 못했을 수도 있다. 아무리 생각해도 배달을 한 건 신의 한 수다.

똥콜 거르는 법

도보 배달 기사의 소소한 에피소드

적게 일하고 많이 벌길 바라는 마음은 직업 막론 지위 고하 나이 불문 누구나 같지 않을까. 배달 기사들 또한 마찬가지다. 배달은 소위 '꿀콜'과 '똥콜'로 구분된다. 높은 단가의 꿀콜은 지향하고, 가성비가 나오지 않는 똥콜은 지양하는 게 인지상정이다. 그런데 이 둘은 단지 지급되는 배달료로만 구분되지는 않는다. 암 환자든 아니든, 재미로든 취미로든, 도보 배달에 도전하고자 하는 분들을 위해 이 둘을 구분하는 작지만 소중한 팁을 드리도록 하겠다.

꿀콜 vs 똥콜

꿀콜과 똥콜을 나누는 기준은 단가, 메뉴, 거리다. 그중에서도 단가보다 거리, 거리보다 메뉴를 우선순위로 따지는 것이 현명하다.

조금 더 구체적으로 설명해보겠다. 일단 메뉴. 음식량과 종류를 꼭 확인해야 한다. 프로모션이 설정된 높은 배달비에 눈이 멀어 바로 수락하면 아니 된다(「운수 좋은 날」과 같은 대참사가 벌어질 수 있다). 설렁탕과 쌀국수 등 국밥류는 최대 세 개가 적정량이다. 그 이상은 정말 무겁다. 햄버거, 감자튀김, 음료수로 구성된 버거 세트는 간단해 보여도 기피 품목 중 하나다. 음료가 추가되면 무게가 확 늘어날 뿐만 아니라 혹여 이동 중에 음료가 새지 않을까 신경이 계속 쓰이기 때문이다. 바삭함이 생명인 감자튀김과 얼음 가득 이슬 송송 맺힌 음료수는 최악의 배달 궁합이기도 하다.

거리도 중요하다. 단가가 높은 데는 다 이유가 있다. 배달 단가와 거리는 대부분 비례하기 때문이다. 사실 거리보다 더욱 중요한 건 지형이다. 아무리 짧은 거리라고 해도 언덕 위의 배달지는 수락 여부를 재고해야 한다. 엘리

베이터가 없는 건물의 꼭대기 층, 동 간 간격이 넓은 아파트 단지도 마찬가지다.

이번 콜과 다음 콜이 쉽게 이어질 수 있는지 여부도 고려해야 한다. 번화가에서 멀리 떨어질수록 다음 콜을 받을 확률은 내려간다. 배달 단가가 거리와 시간을 상쇄할 만큼인지를 곰곰이 생각해보시라. 콜이 신청되고 배달 기사가 수락해야 하는 60초의 시간 동안 이 모든 조건들—거리 대비 단가, 동선과 지형, 다음 배차 가능성 등—을 재빠르게 머릿속에서 시뮬레이션해야 한다. 바로 이 지점이 배달의 매력이다. 마치 게임과 같다.

배달 사고는 없었지만

100건이 넘는 배달을 하는 동안 감사하게도 큰 배달 사고나 고객 불만은 발생하지 않았다. 만약 컴플레인이 하나라도 접수되었다면 소심한 마음에 당장 그만두었을지도 모른다.

혼자 당황한 적은 몇 번 있었다. 메뉴를 잘 확인하지 못하고 무작정 콜을 수락해버린 까닭에 몸이 고생한 적이 더러 있었던 것이다. 배달지에서 고작 3분도 되지 않는

김밥집에서 1.7만 원어치 콜이 들어온 경우였다. 이게 웬 떡이냐 하며 냉큼 수락했더니 17만 원어치였다는 사실. 지금 생각해도 아찔한 경험이다. 절로 「운수 좋은 날」이 떠오르는 경험이었다(배달은 무사히 완료했다). 음식을 집 앞까지 배달해야 했는데, 공동 현관문은 열리지 않고 손님은 전화를 받지 않아 건물 앞에서 한참을 서성인 기억도 있다. 꽤나 길을 잘 찾는 편인데도, 어느 날은 뭐에 홀린 것처럼 바로 앞에 목적지를 두고 엉뚱한 곳으로 갔다가 돌아온 적도 있다. 추억의 '유우머'처럼 '여기가 거기가 아닌데벼', '아니 아까 거기가 맞는가벼'처럼 말이다. 유명 유튜버 스튜디오나, 웹툰 회사, 연기 학원에 배달을 가본 적도 있다. 혹시나 유명인을 마주칠까 조금은 기대했는데, 아무도 보지 못한 건 조금 아쉽다.

여성 배달 기사가 흔치 않기 때문에 겪은 에피소드도 있다. 번화가에 위치한 피부과, 성형외과로 배달을 가면 십중팔구 환자로 오해받는다. 노부부가 운영하는 식당에 음식을 픽업하러 갔을 때는 사장님이 면전에 대고, '헐, 여자도 배달을 하네……'라고 말해서 약간 민망했던 적도 있다.

어느 날은 조금 차려입은 상태로 치킨집에 들렀다. 김

이 모락모락 나는 치킨 한 마리를 가지고 나오는데, 사장
님이 다급하게 쫓아 나왔다.

"손님, 그건 배달할 거예요!"

"아, 예, 제가 바로 그 배달 기사입니다만……."

사회복지사가 되다

인생 버킷 리스트 실현

나의 버킷 리스트 세 가지

대학생 때 꼭 해보고 싶었는데, 해내지 못한 세 가지가 있다. 휴학, 장학금, 그리고 캠퍼스 커플. 다시 말해 4년 동안 쉬지 않고 학교를 다녔지만, 학점은 높지 않았고, 남자 친구는 없었다는 슬픈 이야기(엉엉).

몇 년 전, 해외에 거주했던 시절, 나는 국내 모 사이버 대에 편입해 두 번째로 대학생이 됐다. 타지 생활의 무료함과 미래에 대한 두려움이 나를 공부의 영역으로까지 이끌었던 것이다(강조하지만, 나는 평소 전혀 아카데믹한 사람이 아니다). 이왕이면 배움을 통해 사회에 조금이나마 기여할 수 있는 게 무엇이 있을까 고민하다 '사회복지학'을 전공하기로 했다.

사이버대 학생도 실습은 필요해

사이버대학교의 특성상 대부분 과정이 온라인으로 진행되기 때문에 해외에서도 수업을 듣는 데 어려움은 없었다. (심지어는 장학금도 두 차례 받을 정도로 우수한 성적을 거두었다!) 의무적으로 채워야 하는 자원봉사 시간도 코로나 덕분에(?) 수월하게 해결됐다. 본래 대면 봉사를 해야 하는데 비대면, 온라인 활동으로도 대체가 가능해졌기 때문이다. 내가 지구 반대편에서 수행한 봉사활동은 청각장애인들을 위해 영화에 한글 자막을 입히는 일이었다.

그렇게 대부분의 졸업 요건은 다 충족했지만 문제는 사회복지기관에서의 현장 실습이었다. 실습 없이도 졸업은 가능하지만, 사회복지사 자격증 취득은 어려워진다. 그래도 몇 년씩이나 공부했는데 자격증을 따지 못하면 조금 아깝지 않은가. 당시 의무 실습은 120시간이었는데 직장 생활을 병행하며 이를 채우기란 현실적으로 매우

어려운 일이었다. 하루 여덟 시간씩 꼬박 3주를 채워야
하는데, 이는 연차를 한꺼번에 몰아서 쓰든지, 아니면 어
렵게 주말 실습지를 찾아 3개월의 주말을 온전히 바쳐야
만 겨우 가능한 시간이었다. 하여 한국에 돌아와 복직한
이후에는 졸업은 언감생심, 계속 휴학에 휴학을 거듭할
수밖에 없었다.

인간지사 새옹지마, 이렇게 시간이 생길 줄 또 누가 알
았겠는가. 수술을 마친 후 방사선 치료를 기다리며 비는(?)
시간을 알뜰살뜰 사용하기로 했다. 실습지는 지하철로
약 한 시간가량 떨어진 재가노인복지센터. 노인들 중에
서도 '말기암' 환자를 위한 돌봄 서비스를 제공하는 기관
이다. (그렇다, 배달 수익을 전액 기부한 바로 그곳이다.) 수많
은 사회복지기관을 두고 군이 이 먼 곳에 실습을 신청하
게 된 까닭은 분명하다. 암 환자로서의 정체성, 예비 사회
복지사로서의 사명감, 늙은 부모를 둔 자녀로서의 마음
가짐, 그리고 늙어갈 스스로에 대해 대비하고자 하는 준
비성이 합쳐진, 어쩌면 당연한 선택이었다.

다양한 배경을 가진 열세 명의 실습생들, 반평생 이상
을 노인복지에 힘쓰고 계신 세 명의 지도자 선생님들과
온갖 잡다한 업무를 도맡아 하던 신참 사회복지사 선생

님, 그리고 돌봄 실습으로 인연을 맺은 아흔 살 어르신까지. 3주 동안 이분들과 함께하며 많은 걸 배우고 깨닫는 시간을 가졌다. 다른 사람들의 삶을 들여다보는 것은 언제나 흥미롭다. 세상에는 다양한 인간 군상들이 있고, 이들은 인생의 우선순위나 삶을 대하는 마음가짐이 제각기 다르다. 사회복지학이론 수업에서 거듭 강조되던 '환경 속의 인간Person in Environment'*의 개념처럼, 자신이 처한 환경에 따라 달라지는 인생사들도 인상 깊었다. 타인의 인생에 직간접적으로 개입하여 더 나은 방향으로 도움을 제공할 방안을 찾아줄 수 있는 사회복지사의 역할에 더욱 매력을 느낀 것은 물론이다.

두 번째 학사모

무더위가 한풀 꺾인 여름날, 드디어 학사모를 썼다. 20여 년 전 학부를 졸업했을 때도 그러했듯이 가방끈이 하나 더 생겼지만 여전히 아무것도 모르는 건 마찬가지다. 자

---

* 생태체계적 관점에서 본 '인간'. 개인뿐만 아니라 개인을 둘러싼 환경, 그리고 그 둘의 상호작용을 강조하는 이론.

격증이 생겼다고 전문가가 된 것도, 당장 다니던 회사를 그만두고 전업할 생각이 있는 것도 아니다. 변한 건 사회 이슈, 특히 '마이너리티'라고 불리는 사회적 약자들에게 아주 조금, 예전보다 아주 조금 더 관심을 가지게 된 정도랄까. 솔직히 공부했다고 떠벌리기엔 많이 민망하고 부끄럽다. 그럼에도 불구하고 이렇게 기록을 남긴다. 뜬금없이 공부하겠다고 나선 나를 말없이 서포트해준 가족들께 감사를 표하고, 그래도 뭐 하나 더 해낸 나 스스로에게 응원을 보내기 위해서다. 고마워요. 수고했어.

덧, 장학금과 휴학, 두 번째 대학 생활을 하며 스무 살 시절 이루지 못했던 버킷 리스트 중 두 가지는 결국 해냈다. 그치만 캠퍼스 커플은 이번에도 실패했다. (당연한 얘기지만 왠지 분하다⋯⋯.)

로또 될 결심

로또 당첨 확률과 암 발병 확률 중
뭐가 더 높을까?

"로또나 됐음 좋겠다."

누구나 입버릇처럼 하는 이야기. 나도 일확천금의 기회
를 꿈꾸는 사람들 중 하나다. 그러나 정작 로또를 사본 경
험은 드물었다. 로또를 사지도 않고 로또가 되기를 바라
는 헛된 꿈만 꾸었다고 해야 하나. 지극히 현실적인 나에
게 로또는 어차피 안 될 것, 허투루 돈을 쓸 필요가 없는
것에 불과했기 때문이다.

어느 날 길을 걷던 중 한 로또 판매점이 눈에 들어왔다.
상가 건물 한편을 우뚝 차지한 로또 명당. 1등 당첨자를

49번이나 배출했다는 커다란 플래카드가 걸려 있었다. 한적한 평일 오후였는데도 로또를 사러 온 사람들이 꽤 길게 줄을 섰다. 동네 주민에 따르면 로또 추첨일을 앞둔 금요일과 토요일, 설이나 추석 연휴를 앞두고는 말 그대로 문전성시를 이룬다고 한다. 전국으로 택배까지 보내준다고 하니 명당은 명당인가 보다 싶어 호기심에 로또를 몇 장 사봤다. (그리고 보기 좋게 전부 낙첨됐다.)

한번 관심을 보이니 갑자기 길거리의 수많은 로또 판매점들이 눈에 들어오기 시작했다. 우리나라에 이렇게 많은 판매점이 있었나……. 눈에 밟히는데 그냥 지나갈 수는 없지. 여기서 한 장, 저기서 한 장. 차곡차곡 로또를 사 모으기 시작했다.

암에도 걸려봤는데, 로또 한 번 안 걸리겠어?

돈 낭비로만 여겼던 로또를 일확천금의 기회비용으로 생각을 전환하게 된 까닭은 단순하다. 그 적은 확률을 뚫고—특별한 요인 없이도—암에 걸렸는데, 로또 당첨은 왜 안 되겠냐는 생각이 든 것이다. 아무리 일상적인 병이 되었다지만, 여전히 암은 불운의 상징이기에, 로또 당첨이라는 행운으로 상쇄해야 인생이 좀 공평해지지 않겠는가.

실제로 암 발생과 로또 당첨, 각각의 확률을 한번 비교해봤다. 안타깝게도 암보다는 로또 1등에 당첨될 확률이 훨씬 희박하다는 결론이 나왔다. 45개의 숫자 중 6개를 맞혀야 하는 로또 1등 당첨 확률이 약 814만분의 1, 즉 0.0000123%인 데 비해, 암 발생률은 10만 명당 482.9명으로 0.482%나 된다. 암종별로 살펴봐도 유방암 발생률은 10만 명당 48.5명으로 0.0485%에 달한다(보건복지부, 2020년 기준).[*]

1등 당첨의 욕심을 조금 줄여 2등과 3등까지 당첨 확률을 모두 더하더라도(약 0.00289%) (유방)암 발생률에 미치지 못하는 건 마찬가지다. 흐음. 로또 되긴 정말 어려운 거였구나. 당첨 확률을 높이는 유일한 방법은 많이 사는 것뿐이다!

---

[*] 「2020년 코로나19 유행 첫 해, 암 발생자수 감소 및 5년 단위(2014~2018) 시군구별 암발생 통계 결과 발표」, 보건복지부 보도자료, 2022. 12. 28.

오락과 도박은 한 끗 차이

하지만 당첨률을 높이기 위해서 닥치는 대로 로또를 샀다간 일확천금은커녕 알거지가 될 수도 있는 노릇이다. 하여 나름의 원칙을 정했다.

첫째, 한 번 방문한 판매점은 두 번 다시 가지 않는다.

로또 판매점은 생각보다 훨씬 많이 존재한다. 전국에 있는 로또 판매점은 무려 8,109개(2021년 기준)*, 서울에만 1,400개가 넘는다. 일부러 찾아다니지 않아도 관심만 조금 가지면 매주 새로운 판매점을 발견할 수 있다.

둘째, 한 집에서는 딱 한 장만 산다.

더도 말고 덜도 말고 커피 한 잔 값, 로또 한 장이면 일주일 치 행복을 느끼기에 충분하다. 커피도 처음 한 잔이 가장 맛있지 않은가.

내가 선물한 로또가 당첨됐을 경우에 대비해 만든 원칙도 있다.

1등과 2등에 당첨될 경우 나와 '반땅'을 해야 하며, 3, 4,

---

* 배윤경, "로또 당첨도 안 부러워⋯최대 10억 번다는 로또 판매점", 매일경제, 2022년 4월 8일자.

5등일 경우, 당첨금은 몽땅 그 사람의 몫이다. 당첨 소식을 알릴지 말지는 양심에 맡긴다. 아쉽지만 아직까지 그 누구에게도 당첨 소식을 전해 들은 바는 없다.

로또가 가져다주는 행복

로또가 가져다주는 행복감은 생각보다 크다. 지갑 속 로또 한 장은 국밥에 준하는 든든함을 선사한다. 일주일을 짜릿하게 보낼 수 있는 청량제이며, 행복회로를 돌릴 수 있는 윤활유다.

선물용으로도 그만이다. 한 장에 5천 원(1게임은 천 원이지만, 보통 한 장(5게임) 단위로 구매하게 된다)이니 주는 사람도, 받는 사람도 부담이 없다. 종종 모임에 참석할 때 지인들께 로또를 선물하곤 하는데, 환영하지 않는 사람은 아무도 없다. 성별도 나이도 종교도 정치색이 달라도 로또로 대동단결! 어차피 안 될 거라고 생각하지만, 한편으로는 은근히 기대하게 되는 게 사람 마음이다. 허황되면 어떠리, 당첨의 순간을 다 함께 꿈꿔보기도 한다.

낙첨이 되어도 꼭 실망할 필요는 없다. 로또 판매액의 일부는 당첨금으로 사용되고, 나머지로는 로또 기금이

조성되어 어려운 이들을 돕는 데 쓰인다고 하니, 내가 당첨되지 않더라도 누군가의 행복과 누군가의 형편에 일조했다고 생각하면 그만이다. 커피 한 잔 값으로 나도 즐겁고 남들도 행복할 수 있다.

토요일이 돌아왔다. 이번 주에는 과연 행운이 찾아올 것인가!

쉘 위 댄스?

손끝으로 느끼는 살사의 매력

몸치가 무슨 춤이라고

운동에 그만이었던 배달을 하지 못하게 되자, 그 대신 몸을 움직이며 체력을 기를 만한 게 뭐가 있을까 고민해보았다. 그러다 문득 '춤을 추면 어떨까?'라는 생각이 들었다.

그러나 타고난 몸치인 나에게 〈스우파〉 스트릿 댄스는 언감생심, 다리도 못 찢는데 발레도 말이 안 되는 건 마찬가지였다. 그러던 중 십수 년 전 인기리에 방영한 〈무한도전〉의 스포츠 댄스 특집과 그로부터 또 수십 년 전 부모님이 동네 체육센터에서 배워 와 틈틈이 즐기셨던 사교댄스가 생각났다.

'스포츠 댄스', '학원', '○○구' 등 내가 사는 지역에서 배울 만한 곳을 검색해봤더니 바로 그다음 주부터 시작하는 '살사 왕초보반' 모집 글이 나타났다. '흠, 살사라…….' 사실은 왈츠나 탱고처럼 정적이고 우아해 보이는 춤에 더 관심이 갔지만 저렴한 수강료는 마음을 돌리기에 충분했다. 6주에 8만 원, 게다가 첫 수업은 무료라니! 이것은 인생의 라이프에 찾아온 운명의 데스티니!

슈퍼 샤이 살세라 Super Shy Salsera

제비, 싸모님, 춤바람, 카바레 등 사교댄스 하면 함께 떠오르는 끈적이고 어두운 이미지에서 나 역시도 자유롭지 못했던 사람이다. 이상한 분위기면 어떡하지, 누가 자꾸 들이대면 어떡하지, 춤추다가 가발이 벗겨지진 않겠지 (아직 가발을 착용하던 시기였다), 쓸데없는 생각과 두려운 마음을 안고 첫 강습에 참석했다.

'원투쓰리포오, 파이브식스세븐에잇…….' 가장 기본적인 스텝과 라이트턴 right turn까지, '춤이라는 것을 처음 배우고자 하는 분', '왕초보, 몸치, 박치도 가능'하다는 살사 동호회 광고 문구에 꼭 맞게, 조금 뚝딱이긴 했지만 큰 무리 없이 한 시간의 수업을 무사히 마쳤다. 걱정과는 달리 불미스러운 일은 일어나지 않았고, 그럴 만한 분위기도 전혀 아니었다. 나쁘지 않은 경험이었지만, 정식 수강은 망설이던 차에 당일 결제하면 만 원을 더 할인해준다길래 냉큼 등록했다. 딱 이번 달만 들어야지.

그렇게 시작한 살사, 나는 벌써 6개월 차 살세라*로 거듭나고 있다. 파트너와 쭈뼛쭈뼛 눈 마주치는 것도 어려워하던 내가 이제 제법 스텝을 밟는다. 심지어 즐기기까지 한다. '턴이 참 좋으시네요', '미래의 춤나무가 되시겠어요'와 같은 말도 들어보았다. (클리셰 같지만 살사바에서는 정말 이런 말을 서로 주고받는다!)

〈쉘 위 댄스〉의 '스기야마 상', 〈더티 댄싱〉의 '베이비'에게 저절로 빙의가 됐다. 그들이 왜 그렇게 급격히 댄스에 빠져들었는지 알 것 같았기 때문이다. 헤어 나오지 못하는 살사의 '돌리는 맛'과 '당기는 맛', 경험해보지 않은 자들은 절대 모를 일이다.

---

* 살사를 추는 여자를 살세라salsera, 남자를 살세로salsero라고 한다.

손으로 교감하는 살사

살사는 남녀가 짝이 되어 추는 춤이다. 치맛자락을 휘날리며 뽐내는 화려한 동작은 보통 여자의 몫이지만, 어떤 동작을 뽑아낼지 리드하는 건 남자의 역할이다. 어느 쪽으로 보낼지, 당길지, 돌릴지 등 다음 움직임을 미리 생각하고 신호를 주어 여자를 리드해야 한다. 여기서 가장 중요한 건 손의 역할이라 하겠다. 맞잡은 두 손을 통해 서로 신호를 주고받기 때문이다.

유명 배우이자 살사 국가대표 이력까지 있는 살세라 문정희는 모 오락프로그램에서 "손을 통해 상대방의 성격을 파악할 수 있다"라고 말한다. "남자들과 춤을 출 때 손을 잡아보면 그 사람이 착한 사람인지, 배려 없는 사람인지, 성질이 급한 사람인지 금방 알 수 있다. 손으로 데이터가 다 입력된다"는 것이다. 그리고 "카바레에서 소위 '제비'라고 하는 분들은 외모가 아니라, 손맛이 좋다. 착 감긴다. 그래서 못 끊는다"고 덧붙인다.

나는 그 정도 내공을 쌓지는 못했지만, 어떤 말인지는 알 것 같다. 손은 뭐랄까, 그 사람의 아우라이자 관상이다. 덩치나 얼굴 생김새와는 또 다른 느낌이다.

축축한 손, 메마른 손, 차디찬 손, 따뜻한 손, 부드러운 손……. 살사를 추면 여러 남성분들과 홀딩(holding, 손을 잡는 것)할 기회가 생기는데, 그때마다 참 다양한 손을 느낀다. 무서운 외모에도 아기같이 부드러운 손을 가진 분들이 있고, 젠틀한 외모와 다르게 메마르고 차가운 손을 가진 분도 있다. 투박하지만 섬세한 손, 어설프나 노력하는 손, 답답하게 겉도는 손도 있다. 신기한 건 그 느낌이 십중팔구 맞는다는 것이다. 손이 착 감기는 파트너와는 베이식 스텝을 밟을 뿐인데도 재미가 있고, 훌륭한 외모의 소유자라도 손의 느낌이 좋지 않으면 스텝이 꼬이고 만다. 남자들도 상대방의 손을 느끼는 건 마찬가질 텐데, 나의 손은 어떤 기운을 가졌을까.

비즈니스 타고 살사 추러 가야지

욕심 없이 살겠다고 매일같이 다짐하지만, 또 다른 꿈이 생겨버렸다. 바로 살사의 고장, 카리브해에 위치한 나라들을 가보는 것이다. (쿠바, 콜롬비아, 푸에르토리코, 코스타리카 등 살사를 추는 나라라면 어디든 괜찮다.) 혹시나 스텝을 틀렸을까 눈치 보지 않고, 현지인들과 함께 온전히 즐기면서 웃고 떠들다 오고 싶은 마음이 들었다.

문제는 항공편이다. 경유까지 포함해 24시간도 더 걸린다는 그곳을 이코노미석에 앉아 가기엔 이제는 체력이 받쳐주지 않을 것 같다. 왕복 전 좌석을 비즈니스로! 호텔은 5성급으로! 혼자 가긴 심심하니 살사를 추는 친구와 함께! 그렇다면 우선 로또가 되길 기대하는 수밖에!

아름다운 가게, 아름다운 그대

나의 쓸모가 누군가의 쓰임이 되기를

천사가 됐습니다

휴직 기간 동안 집 근처의 '아름다운가게'*에서 일주일
에 한 번씩 봉사를 했다. 아름다운가게의 자원봉사자들
은 '활동천사'라고 불린다. 실제로 매장에서도 '천사님'이

---

* 2002년에 출범한 비영리 기구이자 사회적 기업. '모두가 함께하는 나
눔과 순환의 아름다운 세상 만들기'라는 미션을 가지고 있으며, 기부
물품 판매를 통한 수익금으로 국내외 소외계층을 위한 지원사업을 하
고 있다. 전국에 약 110개의 매장이 있다.

라고 부를 때가 있는데, 그러면 본인들도 민망하고 손님들도 흠칫 놀라는 경우가 많기 때문에 무난하게 '선생님'이라는 호칭을 더 자주 쓰긴 한다. 활동천사들은 구매자 응대, 기부 물품 판매, 청소, 물품 진열, 기부자 응대, 기부 물품 관리 등 다양한 일을 수행한다. 업무 범위는 봉사 시간과 활동 경험 등을 토대로 봉사자마다 달라지지만, 자원봉사자들에 의해 실질적으로 매장이 운영된다고 해도 과언이 아니다.

그곳에서 나는 난생처음 포스POS기를 접해보기도 했다. 이젠 3개월 카드 할부도, 현금영수증 발행도 척척 할 수 있다. 자주 들르는 단골분들에겐 자주 찾으시는 스타일의 물건을 추천해드리기도, 기꺼이 의상 모델이 되어드리는 경우도 있다. 여러 개의 물건을 두고 구매를 고민하는 분들껜 냉정하게 품평을 해드리기도 한다.

손님이 없는 한가한 시간에는 물건을 정리하거나, 같은 시간대에 함께 봉사하는 짝꿍 천사님과 담소를 나눈다. 나의 짝꿍 천사님은 몇 년 전 공기업을 정년퇴직한 멋쟁이 아저씨다. 여기서 자원봉사를 한 지는 벌써 3년이 넘었다고 한다. 은퇴 후엔 자원봉사뿐만 아니라, 아내분과 함께 요가도 하고, 그림도 배우러 다닌단다. 나의 워너

비 라이프다. 어떤 분은 봉사를 시작한 지 10년도 더 되었다고 한다. 매장 매니저보다도 가게 일에 더 빠삭하다.

가끔 대학생들도 하루나 이틀 정도 짧게 자원봉사를 하러 온다. 학교 졸업 요건을 채우기 위해서다. 오랜만에 '젊은이'들을 만나면 왠지 신이 난다. 같은 MZ 세대라며 괜히 친한 척도 하고, 학교 얘기도 물어보고, 간식도 사 먹였는데 그들은 나를 주책 아줌마라고 생각했을지도 모르겠다.

모든 물건에는 주인이 있다

아름다운가게에 올 때마다 새삼 떠오르는 말이 있다. 모든 물건에는 주인이 있다는 말이다. 내 눈에 예쁜 물건이 남들 눈에도 예뻐 보이는 건 당연하지만(그래서 그런 건 금방금방 팔려버린다), 저런 걸 사 가는 사람도 있네, 저건 뭐에다 쓰려고 사 가는 걸까? 싶은 못생긴 그릇도, 몇 달 동안 팔리지 않았던 가방도, 아무나 소화하기 어려운 야한 디자인의 치마도, 신기하게도 어느 날 갑자기 마침내 주인을 찾아간다. 모든 것에는 쓰임이 있다는 뜻일 거다.

인기 드라마 〈무빙〉에서 종횡무진 현장을 누비던 주원 (류승룡 분)은 어느 날 내근직으로 전환된다. 하지만 한평생 현장에서 몸을 쓰며 살았던 주원은 사무직에 쉬이 적응하지 못한다.

"아무 쓸모가 없어진 기분이야."*

주원은 아내에게 우울함을 토로한다.

쓸모는 각자 노력이지만 쓰임은 스스로 어쩌지 못하는 경우가 종종 있다. (중략) 세상에 쓰이는 사람들이 모두 딱 맞는 쓸모를 갖춘 것은 아니다. 단지 그의 재주만이 아니라 품성과 태도, 때로는 인연이 더 중요할 때가 있다. 그래서 어떤 사람이 가진 능력과 그 사람이 쓰이는 자리가 꼭 들어맞는 경우는 생각보다 많지 않다.**

전 청와대 의전비서관이자 공연기획자인 탁현민은 저

---

* 박인제 · 박윤서 연출, 강풀 원작, 〈무빙〉 13화, 디즈니+, 2022.
** 탁현민,『사소한 추억의 힘』, 메디치미디어, 2023, 17~18쪽.

서『사소한 추억의 힘』에서 '쓸모'와 '쓰임'에 대해 이렇게 이야기한다. '쓸모'는 자신의 노력에 비례하지만, '쓰임'은 내가 어쩌지 못하는 영역으로, 운명의 때를 기다려야 한다는 것이다. 그래서 "결국 쓸모와 쓰임 앞에서 우리가 가질 수 있는 가장 현명한 태도는 언제일지 모르는 쓰임의 순간을 기다리며 자기 쓸모를 꾸준히 더하는 수밖에 없다"*라고 말한다.

원주인에게는 쓸모를 다했지만, 또다시 누군가의 쓸모가 될 수 있기에 운명적인 쓰임의 순간을 기다리는 물건들. 나의 쓸모를 통해 '나눔과 순환의 아름다운 세상'을 만드는 데 일조하는 자원봉사자들. 아름다운가게의 물건과 사람들은 그래서 더 아름답다.

이제는 돌아가야 할 시간

이제 휴직 기간은 끝났고, 어느덧 회사로 돌아갈 때가 됐다. 오랜만의 출근이라 조금 걱정은 되지만 쓰임이 있던

---

* 탁현민, 앞의 책, 18쪽.

곳으로 돌아가게 되어 다행이다. 괴로웠던 순간들, 즐거
웠던 순간들…… 1년간의 다양한 순간과 경험들이 나의
쓸모에 도움이 됐기를 바란다.

Part 4. 부록 같은 인생

배려와 차별 사이

유방암 유경험자의 직장 생활

직장 생활을 하던 유방암 환자들은 치료에 전념하기 위해 휴직하는 경우가 많다. 치료 과정에서의 육체적 고통과 후유증 때문에 아예 치료 초기부터 일을 그만두거나, 치료를 마치더라도 복직이 아닌 퇴직을 선택하는 경우도 꽤 된다.

실제로 치료 과정에서 복직을 고려하기란 쉽지 않다. 2020년 기본간호학회지에 따르면 유방암 생존자의 26.5~56.3%가 직장 생활을 계속하고 있지만,* 많은 이들이 치료 후 직장으로 돌아가기를 망설인다. 나 역시 그중 한 명이었다. 치료가 끝나면 직장으로 돌아가는 게 맞을지 휴직 기간 내내 고민하고 또 고민했다. 계속되는 육체적인 피로감이 가장 큰 이유였지만, 심리적인 부담도 적지 않았다. 특히 스트레스가 암의 재발과 연관이 있을 것이라는 두려움이 가장 컸다. 도처에서 맞닥뜨리는 스트레스를 굳이 회사에 나가서까지 받을 필요가 있을까라는 회의가 들었던 것이다.

약점이 되는 건 싫어

암 환자(경험자)에 대한 주위의 시각과 인식도 복직 결정을 주저하게 만든 요인이었다.

잘 모르는 사람들은 암 투병 경험이 업무 능력까지 저하시킬 것이라는 생각을 충분히 할 수 있다. 큰일을 겪고 왔는데 몸 상태는 괜찮은 걸까? 야근까지 시키면 너무 무리하는 거 아닐까? 내가 시킨 일 때문에 스트레스를 받으면 어떡하지? 일을 믿고 맡길 수 있을까? 어디까지 배려를 해줘야 하는 걸까? 내가 그들의 입장이었어도 비슷한

---

* 한수정·김혜원·김미란, 「유방암 생존자의 직장유지를 위한 미 충족요구 경험」, 기본간호학회지 제27권 제3호, 2020. 8, 299쪽.

걱정을 했을 것이다.

업무 능력과 별개로, 마냥 안쓰럽거나 불쌍하게 여기는 경우도 피하고 싶은 상황이었다. 심지어 1년 동안 짝꿍으로 함께 일했던 후배에게도 휴직 전날에야 그 사실을 알렸다. 섭섭하게 생각할 수도 있겠지만 후배가 못미더워서가 아니다. 당시 회사엔 '복도통신'이라고 불리는 남에 대한 이야기를 생각 없이 떠벌리는 사람들이 있었고, 나는 내 불행이 그들에게 한 줌 안줏거리로 전락하는 것을 피하고 싶었다. 암 경험이 마치 약점처럼 여겨질 걱정, 내가 휴직 당시 주변 동료들에게 말을 아꼈던 이유다. 통상 전사공지되는 휴직 발령문도 인사팀의 이해를 얻어 공개하지 않았다.

그래도 돌아왔습니다, 회사에

1년의 병상 휴직을 마치고, 많은 고민 끝에 결국 나는 회사로 돌아왔다.

"저 왔어요." 팀원들은 반갑지만 호들갑스럽지 않게 나를 맞아주었다.

때로는 상당히 묘한 상황을 맞닥뜨릴 때도 있다. 야근

하는 상황에 너무 미안해한다거나, 업무분장 할 때 지나치게 내 눈치를 보는 것 같은 상황 말이다. 실제로 "아팠던 사람에게 일 시키기가 조심스럽다"는 말을 들은 적도 있다. 맘 깊은 배려와 은근한 차별 사이. 이거 좀 어렵다.

이러한 상황은 비단 나만의 경험이 아니다. 지난 2006년, 육군 중령 피우진은 유방암 수술 후 신체검사에서 2급 장애 판정을 받아 퇴역을 강요받는다. 과거 병력에만 의존해 평가한 결과였다. 헬기 조종사인 그녀는 충분한 업무 수행 능력이 있었고, 복직 후에도 실제 업무를 충실히 수행하는 중이었다. 2년 뒤 법원의 판결로 다행히 재복직이 이루어졌지만, 이 사례는 암 경험자에 대한 사회의 차별과 편견을 단적으로 보여준다.

그럼에도 직장 생활을 추천한다

나 또한 유방암 투병 후 직장에 복귀하기까지 많은 고민을 했지만, 직장 생활을 지속하는 것은 여러모로 긍정적인 선택이라고 생각한다. 물론 꼭 회사를 다니라는 이야기는 아니다. 사회생활이라고 통칭할 수 있는 모든 활동을 포함하는 말이다.

스스로 만들어낸 장벽에 갇혀서 내 능력을 제약할 필요는 없을 것 같다. 사회생활을 하며 규칙적인 생활을 유지하고, 내가 가진 능력을 발휘하며, 거기에 금전적인 보상까지 따라온다면 더 바랄 게 없지 않을까? 특히 40대 전후의 한창인 나이에는 회사 안팎에서 여전히 많은 가능성을 가지고 있다. 이런 시기에 다시 한번 목표를 설정하고, 새로운 도전을 통해 내 삶을 더 의미 있게 만들어갈 수 있을 것이다. 인생은 길고, 할 일은 많기에.

암 환자나 유병자를 불쌍하거나 불행하다고 여길 필요는 없다. 암 투병은 그저 하나의 경험일 뿐 그 사람의 모든 것을 정의하지는 않기 때문이다. 과도한 배려도 필요치 않다. 술이나 담배를 강권하지만 않으면 된다. 그저 평소와 똑같이 기회를 주는 것으로 충분하다.

누가 나한테 뭐라 그래

아직도 남은 후유증, 이별할 날은 언제일까

모든 치료를 마친 후 1년 가까이 지났지만 몸 이곳저곳에
는 여전히 크고 작은 부작용이 남아 있다.

왼쪽 가슴에는 손가락 두 마디 정도의 수술 자국이 남
았다. 다행히 수술 부위가 넓지는 않아 짝가슴이 되진 않
았지만, 속옷 자국에 가슴이 찌그러져 보일 때도 있다. 가
끔 수술 부위가 당기거나 붓기도 한다. 가장 신경이 쓰이
는 부분인 만큼 틈나는 대로 마사지를 해준다. 손목부터
팔뚝, 겨드랑이 안쪽, 쇄골 등 골고루.

온몸의 관절이 삐거덕거린다. 항암으로 인한 호르몬 이상 때문이다. 생리가 멈추면서 발생한 갱년기 현상의 일종이기도 하다. 한동안은 뼈전이를 의심했을 정도로 통증이 심하기도 했는데 생리가 다시 돌아오면서 조금 나아졌다. 머리카락은 쑥쑥 자라기 시작했다! 앞머리도 이제 눈썹을 덮을 정도로 길었다. 아직 숏컷 스타일을 유지하지만 내년 이맘때쯤엔 예전처럼 보브 단발로 돌아갈 수 있을 것 같다. 한 번 왕창 빠졌던 속눈썹은 더디 자라는 느낌이다. 가끔 손발이 찌릿하게 저리고 손톱도 여전히 약하다. 아직도 캔 음료를 딸 때는 옆 사람의 도움을 받곤 한다.

눈이 가장 불편하다. 눈물샘이 일부 막혀서 쉽게 건조해지고 신경을 좀 많이 쓴 날이면 왼쪽 눈의 난시가 심해져서 앞이 흐릿하게 보인다. 그럴 때면 두통까지 동반된다.

조금 반가운 부작용도 있다. 식욕이 예전만 못하다는 것이다. 일부러 가려 먹는 것도 아닌데 예전보다는 훨씬 적게 먹는다. 가끔은 산해진미를 앞에 두고도 조금밖에 먹지 못하는 나 자신이 살짝 슬프기도 하다.

여기저기 남은 훈장 같은 상처와 후유증들. 그렇지만 나만 겪는 항암 후유증이 아니라 자연스러운 노화의 과정이라고 생각하면 덜 억울하다. 누구나 늙기 마련이니까.

바뀐 게 많지만 바뀐 건 없다

한번은 친구가 조심스럽게 물었다.

"현성, 큰일을 겪고 나서 마음가짐에 변화가 있었어? 인생의 우선순위가 달라졌다든지 하는……. 이 경험이 너에게는 터닝 포인트가 됐을 것 같아서."

나는 잠시 생각했다. 암 투병이 인생에 있어서 분명 큰 사건이었음을 부정할 수는 없다. 그러나 채식주의자가 됐다든지, 운동광이 됐다든지, 종교를 가지게 됐다든지 하는 극적인 변화는 없었다. 그저 폭풍이 지나간 후의 바다처럼, 그 전과 다름없이 각자의 일상을 이어가며 잔잔하게 살아가고 있다.

가끔 재발에 대한 두려움이 들기는 한다. 그렇다고 그 생각들이 내 일상을 지배하지는 않는다. 두려움은 잠시 스쳐 지나갈 뿐, 나는 여전히 충실하게 하루하루를 보낸다.

하지만 확실히 달라진 마음가짐 두 가지는 있다. 모든 상황에서 최우선 순위를 '나'로 두기로 했다는 것. 앞으로 끊임없이 내가 원하는 걸 찾고, 그걸 꼭 실현해내기로 마음먹었다는 점이다. 예전 같으면 남들 눈치를 보며 망설였을 행동들, 굳이 미뤄두었던 일들도 이제는 주저하지 않기로 했다. 유명 맛집을 찾아 혼밥을 한다든가, 야심한 시각 심야영화를 보러 나간다든가, 갑자기 생각난 옛 친구를 수소문해 만난다든가 하는 것 말이다. 가끔은 술 한잔 기울이며 알딸딸함을 느껴보기도 한다. 남에게 폐를 끼치지 않는 한, 어떤 행동이든 거리낄 게 없다고 믿는다.

'암 환자답게' 특별하게 살 필요는 없다고 생각한다. 내 일상에서 큰 변화를 꾀하지 않겠다는 의미다. 과자 하나 집어 먹고 죄책감을 느낀다든지, 운동을 하루 빼먹었다고 호들갑을 떨고 싶지는 않다. 물론 더 나은 방향으로 서서히 생활 습관을 바꿔가는 중이지만, 급작스러운 변화로 또 다른 스트레스를 만들고 싶지 않다.

남들에게 특별한 이해나 배려를 기대하지도 않으려고 한다. 남의 시선은 내가 통제할 수 없는 영역이니 신경 쓰지 않으려고도 한다. 암 투병 전의 생활을 부정하고 경계를 긋고 싶지도 않다. 그저 일상 속에서 나를 조금 더 돌보고, 내게 더 많은 선택권을 주려 할 뿐이다. 나를 최우선으로 두겠다는 마음가짐과 일맥상통하는 부분이다.

다시 친구의 질문으로 돌아가 대답해보자.

"특별한 변화는 없어. 그저 조금 더 자유로워진 것 같아. 남 눈치 안 보고, 나를 최우선으로 놓고, 내 의지에 따라 움직이고…… 후회하지 않고, 매 순간을 즐기려고 해. 솔직히 나한테 누가 뭐라 그러겠니."

나의 레드 바이올린

**인생 최고의 선물,
내 인생 두 번째 장도 함께 연주해주길**

새댁의 꿈

나의 레드 바이올린 이야기를 본격적으로 꺼내기 전에 약
45년 전의 화곡동 새댁 이야기를 먼저 하지 않을 수 없다.

스물다섯. 만으로는 불과 스물넷밖에 되지 않았던 어
린 새댁은 항상 주인집의 피아노가 부러웠다. 화곡동 단
칸방에 살던 새댁이 가장 서러웠던 건 집주인의 월세 독
촉도, 담장을 한참 돌아가야 나오는 '식모 문'으로 드나들
어야 하는 처지도 아니었다. 그건 바로 틈틈이 주인집에
서 흘러나오는 피아노 소리였다.

주인집 아이가 연주하는 〈아들을 위한 발라드〉(추후 〈아드린느를 위한 발라드〉로 밝혀졌다. 그리고 아드린느는 여자다!)를 들으면 새댁의 마음 한편은 왠지 아려왔다. 지금 생각해보면 그렇게 뛰어난 피아노 실력도 아니었는데 말이다. 없는 형편에 진짜 피아노는 언감생심. 새댁은 나무 건반 대신 소리도 나지 않는 종이로 된 피아노 건반을 두드렸다. 그러나 자신의 처지를 한탄만 하진 않았다. 대신 꿈을 꾸었다.

"나중에 아이를 낳으면, 우리 아이들한테는 꼭 피아노를, 아니 악기 하나씩은 가르칠 거야."

피아노 말고 바이올린

결혼 이듬해, 새댁은 첫째 딸을 품에 안았다. 이윽고 연년생 둘째 딸이 태어났다. 몇 년 뒤 아들도 하나 얻었다. 보석 같고 웬수 같은 자식 셋을 줄줄이 낳고 키우며 새댁은 어느덧 중년의 여인이 되었다. 악착같이 아끼고 모아 어느 정도 '먹고살 만'해지자, 여인은 오랫동안 마음속에 품고 있던 로망을 실현하기로 한다.

아이들 셋이 모두 순차적으로 동네 피아노 학원으로

내몰렸고 바이엘부터 체르니, 그리고 하농, 소나티네, 명곡집 등 지리한 배움의 과정을 거쳤다. 아이들의 수준이 어느 정도 경지에 오르자 여인은 '을지악보'에서 나온 '아드린느를 위한 발라드'를 사 왔다. 이제는 원 없이 들을 수 있게 된 그 멜로디! 그러나 둘째는 당시부터도 좀 삐딱선을 탔나 보다. 악보 보는 게 겨우 익숙해질 때쯤 돌연 피아노를 거부했다. 단순히 '재미가 없다'는 게 이유였다.

여인의 '1자녀 1악기' 로망 달성에 빨간불이 켜졌다! 피아노 말고 다른 악기라도 선택하라고 둘째를 겁박……아니 설득하기 시작했다. 피아노를 피해 둘째가 선택한 악기는 바이올린이었다. 단순히 '좀 있어 보인다'는 이유 때문이었다. 바이올린과의 인연은 그렇게 시작됐다.

퇴로는 없다

먹고살 만은 하지만 여전히 충분하진 않은 형편에 여인은 여기저기 발품을 팔고 수소문을 하여 '저렴하지만 쓸 만한' 악기와 '저렴하지만 실력 있는' 선생님을 구했다. 도전도, 포기도 빠른 둘째는 이내 바이올린에도 흥미를 잃었지만, 후환이 두려운 나머지 감히 또 관둔다는 이야기는 하지 못했다. 그렇게 시간이 흐르는 동안 둘째는 스즈키와 호만, 카이저와 시노자키, 명곡집 등 지리한 배움의 과정을 거치게 된다.

둘째가 학교 오케스트라와 함께 연주할 정도의 실력을 갖추자 여인은 일생일대의 큰 결심을 하게 된다. 바로 '저렴하지만 쓸 만한' 악기가 아니라, '비싸고 좋은' 악기를 사주는 것. 물론 여인의 형편이 허락하는 범위에 한해서지만 말이다. 여인은 쌈짓돈까지 털어 약 1년 치 레슨비에 맞먹는 악기를 둘째에게 선물한다. 그야말로 평생의 선물이다.

보통 바이올린이 누런색이나 황토색, 진한 갈색 등 비교적 평범한 나무색을 띤다면, 이 바이올린은 체리 빛에 가깝다. 밝은 고동색의 줄감개Peg와 턱받침은 붉은 본체와 어우러져 더 고급스러운 느낌이 난다. 악기의 등판, 그리고 옆구리의 날렵한 곡선은 또 얼마나 섹시한지! 브리지와 지판 사이, 그러니까 활이 그어지는 곳에는 작은 점들이 일렬로 이어진 듯한 상처가 나 있는데, 그것마저 매력적으로 보였다. 마치 상처 하나하나 말 못 할 사연들이 숨어 있을 것 같은 느낌이다. 억 소리가 나는 수많은 악기들이 존재하겠지만, 이보다 더 좋은 악기가 있을까? 여인과 둘째에게는 이게 스트라디바리우스요, 과르네리일지니!

결국 우린 지금 함께

사랑엔 영원이 없다던가. 레드 바이올린에 대한 애정은 둘째가 사회생활을 시작할 무렵부터 조금씩 식어갔다. 그 옛날 화곡동 새댁과 마찬가지로 '먹고살아야 하는' 현실 때문이었다.

시간이 흘러 둘째는 결혼을 했고 아이 둘을 낳았다. 둘째의 둘째가 열한 살, 그러니까 둘째가 처음 바이올린을 시작한 나이가 되어서야 둘째는 다시 바이올린을 꺼내 들었다.

20여 년간 곱게 잠들어 있던 레드 바이올린은 더 이상 아름답지 않았다. 섹시했던 빨간색은 유행 지난 체리 몰딩 인테리어처럼 촌스러워 보이고, 브리지와 지판 사이 까만 상처는 지워버리고픈 곰보 자국처럼 느껴졌다. 맹맹한 악기 소리는 추억하고 싶지 않은 옛 사연들을 마지못해 꺼내는 목소리와 같고, 뻣뻣하게 굳어버린 손가락까지도 다 악기 탓으로 돌리고 싶었다.

잠시 '다른 더 좋은' 악기와의 새로운 시작도 꿈꿔보았다. 그러나 이내 마음을 고쳐먹었다. 대신 바이올린 줄을 바꾸고, 활 털을 갈고, 어깨 받침도 새로 하나 장만했다. 함께하는 시간이 점점 늘어나 굳었던 손가락이 풀리자 비로소 어색했던 악기와의 사이도 풀렸다.

'그래, 결국 우린 처음부터 평생을 함께하기로 한 사이였어.'

실패를 딛고 써낸 라흐마니노프의 2번 교향곡

오랜 공백 끝에, 레드 바이올린의 주인인 둘째, 그러니까 나는 오케스트라 무대에 섰다.

코로나도 끝나고, 투병 생활도 끝나고, 아이들도 웬만큼 컸고, 다시금 '먹고살 만'해진 상황에서 좋은 기회가 생긴 것이다. 대학 때 동고동락했던 동기들을 포함, 아들 딸 시집 장가보낼 정도로 연배가 제법 되신 선배님들부터, 반대로 나의 아들딸뻘이라 할 수 있을 정도의 한참 어린 후배들까지 모두 모인 졸업생 오케스트라에 합류했다. 세대를 넘나드는 연주자들이 한 무대에 함께 서는 것도 꽤 뜻깊었다.

넉 달 동안 매주 토요일마다 연습에 임했다. 악기를 연주할 때는 온전히 음악에만 몰두하게 된다. 눈은 지휘자의 손끝을 따라가고, 귀는 다른 악기들의 소리에 기울이며 조화로운 음을 만들어낸다. 필요한 건 그저 악기, 악보, 그리고 열정뿐이다. 나이도, 직업도, 투병 여부 같은 건 아무래도 상관없고 누구도 신경 쓰지 않는다.

우리가 연주한 곡은 차이코프스키의 〈로미오와 줄리엣 서곡〉과 라흐마니노프의 〈교향곡 제2번〉이다. (이 두 곡은 클래식에 익숙하지 않은 사람도 어디선가 들어봤을 만큼 유명한 곡들이니 독자분들께서도 기회가 되면 한번 찾아보시기 바란다.) 라흐마니노프 〈교향곡 제2번〉은 그가 1번 교향곡의 대실패를 겪은 뒤 탄생한 작품이다. 실패의 충격으로 라흐마니노프는 우울증과 노이로제에 시달리며 오랜 기간 치료를 받았다고 한다. 역시 사람은 역경과 고난을 겪어야만 비로소 걸작을 만들어낼 수 있는 걸까. 그가 겪었을 고통과 좌절, 그리고 되찾은 영광은 어쩌면 내 인생과도 조금은 닮아 있는 것 같다. 잠깐의 고통과 휴식 후에 다시 시작하는 내 인생, 레드 바이올린과 함께 연주할 수 있어 기뻤다.

마이너리티가 되는 순간

세상을 보는 눈이 바뀌는 순간

40여 년을 사는 동안 내 삶에 완벽히 만족한 적은 없지만, 그렇다고 한 번도 나를 '마이너리티(소수자)'라고 생각해본 적도 없었다. 암 환자가 되기 전까진 말이다. 반강제적으로 부여된 암 환자로서의 정체성은 나를 건강한 '정상인'과 구분 지었고, 또 다른 시각에서 세상을 바라보게 했다.

환우들의 모임에 참여해 함께 아픔을 나누고, 장애인 단체에 기부를 하고, 사회적 약자들의 삶을 기록한 책을 찾아 읽게 된 계기도 '마이너리티'의 입장이 되고 나서부터다. 앞서 이야기한 것처럼 성치 않은 몸을 이끌고 실습을 다니며 사회복지사 자격증을 취득한 것도 이런 이유라 하겠다.

항암 치료가 끝나고 몸이 서서히 회복되어 그날의 고통들이 차츰 희미해지던 어느 날, 그러니까 다시 '정상인'의 반열에 들어섰을 무렵 둘째가 발을 다쳤다. 하루에 두 번씩 태권도장에 갈 정도로 활동적인 녀석인데, 천방지축 뛰어다니다 넘어져 발가락이 똑 부러진 것이다. 간단하게 깁스만 하면 될 줄 알았는데 부러진 발가락뼈가 성장판까지 건드려 생각보다 일이 커졌다. 철심을 박는 대수술을 받고, 한동안 휠체어 신세를 지게 됐다.

휠체어에 타는 건 둘째였지만 미는 건 내 몫이 됐다. 유모차를 졸업한 지 거의 7, 8년 만이다. 휠체어를 밀자 울퉁불퉁 튀어나온 보도블록이, 항상 닫혀 있는 고정문과 꼭 한쪽으로 당겨야 하는 수동문이 앞을 가로막았다. 겨우 한두 개의 계단도 에베레스트산만큼 높게 느껴졌다. 횡단보도의 초록불은 또 왜 그리 빨리 바뀌는지. 휠체어를 밀며 전력 질주하다 휴대폰을 떨어뜨린 적이 한두 번이 아니다.

두 다리로 정상적으로 걸을 때는 결코 겪지 않은 경험이었다. 튀어나온 보도블록 하나가, 계단 하나가, 한참을 돌아가야만 나오는 엘리베이터, 수리 중인 에스컬레이터가 이렇게 크게 다가올 줄이야. 혼자만의 불만은 감히 다른 '마이너리티'들이 겪고 있을 불편과 감정에까지 확대됐다. 휠체어 장애인과 시각장애인들, 다리가 불편한 노인들, 유모차나 휠체어를 대신 밀어야 하는 사람들 말이다.

저 건물에는 경사로가 있을까? 혼자 다닐 수 없는 사람들은 누구에게 도움을 받지? 누구나 편하게 이동하려면 무엇이 바뀌어야 하지?

그 입장이 되고 나서야 비로소 이해와 관심이 높아지는 경험, 비단 나만 하는 건 아닌 것 같다. 장애인이동권 증진 협동조합 '무의'의 홍윤희 이사장은 「마이너리티의 관점이 세상을 바꾼다」(한국일보, 2023년 6월 27일자)라는 칼럼을 통해 '소수자로서 가지는 공감 능력'에 주목한다.

일반 식당에 휠체어 접근을 위한 경사로를 요구했을 때 탐탁지 않아 하는 반응이 대부분이었다면, 비건 음식점은 대부분 미안해하거나 경사로 설치를 적극적으로 약속한다고 한다. 홍 이사장은 그 이유를 마이너리티로서 교차되는 공감에서 비롯된다고 주장한다. 소수자로서 얻은 관점이 다른 소수자의 입장을 공감하는 데 도움이 된다는 것이다. 그렇기 때문에 흔하지 않은 할랄 음식(이슬

람 율법 아래서 만들어지는 음식)을 파는 비건 음식점이 역시 소수자인 휠체어 이용자의 불편함에 더 공감한다는 설명이다.

'마이너리티의 관점'은 '공감의 확산성'과도 일맥상통한다. 본인의 딸이 예쁜 만큼 세상의 모든 딸들이 다 예쁘게 보였다는 나태주 시인의 경험이 이를 대변한다. 「풀꽃」으로 유명한 노시인은 "특수한 무엇을 가지고 있으면, 무한한 보편도 갖게 된다"*고 말한다. '암 환자', 또는 '휠체어 이용자(의 보호자)'로서의 특별한 경험이 비슷한 불편함을 겪는 모두의 경험으로까지 확대되는 것과 일맥상통한다.

"아휴, 엄마가 더 힘들겠네." 아이의 휠체어를 밀 때마다 듣는 위로의 말이다. 나의 고생을 알아주는구나 싶어 고맙기도 하다. 그러나 누군가가 희생하지 않아도 다 함께 잘 사는 세상이 됐으면 좋겠다는 생각이 더 앞선다. 소수자에게 특별 대우를 하거나, 반대로 소수에게 다수를

---

* 민동용, "아버지가 딸에게 건네는 말 "네 뒤엔 내가 있단다"", 동아일보, 2020년 1월 15일자.

위한 희생을 강요하는 것이 아니라, 소수든 다수든 누구든 한 사회에서 더불어 사는 '보편적'인 사회 말이다.

이를 위해선 우리 모두 '마이너리티의 관점'을 갖출 필요가 있겠다. 왜냐하면 우리는 모두 언젠가는 소수자였거나, 소수자이거나, 소수자가 될 사람들이기 때문이다. 평범하기 그지없는, 어쩌면 사회에서 많은 혜택을 누린 나와 우리 가족들도 이렇듯 어느 순간 사회적 약자 또는 소수자로 구분되지 않는가. 누구보다 건강했던 나도 이제 암 유병자로 구분되고, 둘째가 한시적이나마 휠체어 이용자가 되어버린 것처럼 말이다. 현재 외국에 사는 내 동생은 그곳에서 '외노자' 신세의 마이너리티이기도 하다. 그뿐인가. 우리네 부모님은 이제 나이가 들어 사회적 약자에 속하게 됐고, 자라나는 아이들 또한 보호받아야 할 약자이다.

둘째는 이제 휠체어를 졸업하고 다시 씩씩하게 두 발로 걸어 다닌다. 추가 치료를 마칠 때쯤이면 예전처럼 천방지축 뛰어다닐 것이다. 더 이상 휠체어로 인한 불편함은 없을 테지만 그런 경험이 타인에 대한 배려로 확대되길 바란다. 마이너리티의 관점에서 조금 더 나은 세상을 만들어갈 수 있게 말이다.

휴직, 복직 그리고 이직

그만둘 핑계 vs 그만둘 결심

입사 때부터 퇴사를 꿈꾸다

남들 다 한다는 휴학도 한 번 없이 대학을 졸업하고 곧바로 취직을 한 나는 어느덧 이십몇 년 차 중견 사원이 되었다. 같은 해 입사한 회사 동기들, 특히 여성 동기들은 대부분 퇴직한 지 오래다.

그런데도 나는 '롱런'의 아이콘이 되어 여전히 회사에 남아 있다. 암 투병 이후에도 마치 지박령처럼 사무실을 떠나지 못하는 내가, 사실은 20여 년 전 입사할 때부터 퇴사를 꿈꿨다면 누가 곧이들을까?

그런데 정말이다. 만 스물둘, 꽃다운 나이의 입사 당시, 연수원 동기 100명 중 여자는 겨우 17명에 불과했다. 결혼을 하거나 아이를 낳으면 그만두는 경우도 흔했다. 당시 우리 부서의 '왕언니'로 불렸던 골드미스 과장님은 겨우 서른 초반이었다. 지금 생각하면 많지도 않은 나이였지만, 나도 30세가 넘거나 결혼해 아이를 낳으면 자연스럽게 회사를 그만두게 될 거라고 생각했던 것 같다. 그다음 계획은 딱히 없었다. 아마도 '현모양처' 정도가 아니었을까.

드디어 퇴사할 이유가!

결혼과 출산 등 인생의 큰 마디를 넘길 때마다 진지하게 퇴사 카드를 만지작거렸다. 단지 실행에 옮기지 못했을 뿐. 결혼 직후에는 〈회사 가기 싫어〉라는 노래를 알람으로 설정해놓기도 했고, 아이들을 낳고 나서는 "아이는 엄마가 키워야 하지 않을까?"라는 생각을 머릿속에 담고 살았다.

그렇지만 아이를 키우는 일은 회사 일보다 약 만 배 정도 더 힘들다는 걸 금방 깨달았고, 마침 실직한 친정아버지와 나보다 더 아이를 잘 키워줄 친정엄마 덕분에 퇴사는커녕 휴직도 못 하고 꾸역꾸역 회사엘 다닐 수밖에 없었다. 생계형 직장인으로 꼼짝없이 회사에 묶인 신세가 된 것이다.

틈틈이 퇴사의 기회를 노리던 나에게 드디어 때가 왔다! 큰아이가 초등학교 2학년일 무렵 남편이 해외 지사 주재원으로 발령이 난 것이다. 우선은 퇴사 대신 고스란히 남겨두었던 육아휴직을 쓰기로 하고, 룰루랄라 노래를 부르며 회사를 떠났다. 그리고 긴 휴직 기간 동안, 내 생각에도 변화가 찾아왔다.

근데 퇴사하면 뭐 하지?

자화자찬하기에는 조금 민망하지만, 나는 집안일을 꽤 잘해냈다. 집 안 곳곳을 쓸고 닦아 깔끔하게 유지하는 건 기본이요, 매 끼니를 다른 반찬에 간식까지 척척 만들어 내 식구들의 찬사를 받기도 했다. 아이들의 학교생활과 교우 관계에도 조금 더 신경 쓸 수 있게 됐다.

그러나 이상하게도 '현모양처'의 생활은 도무지 흥이 생기질 않았다. 거기다 외국 생활의 이질감과 한국에 대한 향수가 더해지며 우울감만 깊어갔다. 그렇게 회사 밖

생활에서도 크게 재미를 찾지 못한 채 시간은 흘러갔고 나는 초조해졌다. 한국에 돌아가면 고작 마흔인데, 남은 인생의 절반은 뭘 하며 살지? 휴직 끝에 퇴사까지 생각하고 있었건만, 미래에 대한 막막함만 커져갔다. 퇴사 대신 복직을 선택한 이유다.

더 환하게 웃으면서 복직, 이직, 그리고 또 휴직

다시 돌아온 회사는 더없이 소중했다. 휴직과 퇴사를 줄기차게 외치던 과거의 나는 사라지고, 그동안의 퇴사 고민이 무색해질 정도로 일에 재미를 붙이기 시작했다. 마침 새로 만들어진 팀에서 새로운 프로젝트를 담당하게 됐고, 나도 남도 모두 인정할 정도로 정말 재밌게 일했다. 그 프로젝트로 말미암아 이직의 기회도 얻게 됐다. 다른 조건들은 볼 것도 없이 그저 '재밌을 것 같아서' 이직을 결심했다. 그곳에서도 또 다른 1년을 재밌게 일했다. 그리고 유방암을 진단받았다.

겨우 '퇴사' 대신 '정년퇴직'의 꿈을 갖게 되었는데, 꿈에도 생각지 못한 이유로 또다시 휴직을 하게 될 줄이야. '회사 관두고 싶다'를 입버릇처럼 달고 살던 시절, 한 친구가 나에게 해준 말이 생각났다. "현성아, 회사를 관둘 타이밍은 저절로 온단다. 굳이 쉬어야 할 이유나 핑계를 댈 필요가 없어. 그때가 되면 저절로 알게 된대." 지금이 바로 그땐가? 나, 이제 정말 회사를 관두게 되는 거야?

두 번째 휴직과 복직, 그리고 또 이직

항암 치료의 부작용이 거듭되는 가운데 병상 휴직 기간 내내 복직에 대해 고민했다. 우선 건강을 되찾아야 뭐라도 하지 않겠는가. 널뛰는 컨디션 때문에 어떤 날은 금방이라도 일을 다시 시작할 수 있을 것 같았고, 어느 날은 꼼짝없이 자리에 누운 채 이대로 끝나버릴 커리어를 아쉬워했다. 하지만 결국 돌아왔다. 사실은 나, 일을 꽤 좋아했나 보다.

사실 병상 휴직을 마치고 복귀할 때는 그냥 적당히 일하는 척만 할 심산이었다. 진짜다. 유병력자有病歷者라는 핑계로 열정과 욕심을 다 내려놓고 '월급루팡'이 되겠다고 굳게 다짐했건만, 복직한 지 1년도 되지 않은 시점에 다시 한번 선택의 기로에 서게 됐다. '마음껏 일할 수 있는 기회'를 주겠다며 옛 직장 선배로부터 이직 제안을 받았기 때문이다.

제안받은 자리가 업무 강도로는 악명 높은 곳이었기에 내 건강을 걱정하며 만류하는 사람들도 있었다. 나 역시 그 부분을 가장 걱정했다. 그러나 아무리 노력해도 내가 통제할 수 없는 일들은 벌어지기 마련이다. 세상이 내 의지대로만 흘러가지 않는다는 사실을 진작 깨달은 바 있으므로, 고민 끝에 그 기회를 감사히 받아들이기로 했다.

어느 선택에도 정답은 없다. 다만 나의 선택을 좋은 결과로 만들기 위한 노력이 필요할 뿐. 내가 할 수 있는 것과 할 수 없는 것을 빨리 구분하고, 할 수 있는 일에 조금 더 노력을 기울이기로 했다. 일과 가정, 도전 정신과 스트레스, '나태'와 '노오오오오력' 사이에서 적당한 거리와 밸런스를 유지하는 건 이제 나의 몫이다.

사람은 성장하는 동안은 늙지 않는다.[*]

나는 여전히 퇴사를 꿈꾸지만, 아직 그 타이밍이 온 것

---

[*]   김형석, 『백년을 살아보니』, 덴스토리, 2016, 238쪽.

같진 않다. 비록 몸의 성장은 끝났으나, 일을 통한 성장은
아직 계속될 때다.

—

불혹, 부록

아픔마저 유쾌하게 다룰 수 있는 나이

마흔, 그 오묘한 나이

유방암 진단을 받은 시점은 정확히 2022년 9월, 추석 직후였다. 아직은 조금 더웠던 날, 막 여름에서 가을로 넘어가는 시기. 당시 내 나이는 겨우 (만) 마흔하나. 인생의 여름에서 가을로 넘어가는 시기.

앞서 얘기했지만, 나는 건강한 체질을 타고났다. 기골 장대한 체격에 적당한 몸무게, 나쁘지 않은 체력. 비위도 좋아 가리는 음식 없이 골고루 잘 먹고 마신다. 직계가족은 물론 가까운 친척들 중에서도 '암'과 관련한 이력은 없다. 그런데도 어느 날 갑자기 그렇게 암이 와버렸다. 40대 여성에게 가장 많이 발생하는 유방암. 그냥 그 나이가 됐을 뿐인가.

사실 신기하게도 나이 앞 자리가 '4'를 찍는 순간 몸 곳곳이 아우성치듯 문제를 드러내기 시작했다. 골반과 무릎뼈가 덜그럭거리고, 이마와 눈가의 주름은 가릴 수 없게 됐고, 가까운 게 안 보이는 노안의 조짐도 시작됐다. 이도 하나둘씩 깨져 때워 넣는 경우가 잦아졌다. 계절이 바뀔 때마다 감기는 왜 그렇게 걸리는지. 노화는 서서히 오지 않고 계단식으로 온다고 하던데 정말인 것 같다. 그나마 마음이 놓이는 건 나만 그런 게 아니라는 사실이었다. 나이 마흔은 본격적인 노화가 시작되는 시기인 것 같다.

위너는 누구?

이제는 마흔이 훌쩍 넘어버린 같은 나이대의 친구들. 이제 '친구'는 '동갑'을 넘어서 그냥 대충 같이 늙어가는 처지에 있는 사람들은 모두 통틀어 지칭하는 말이 됐다. 학교 다닐 땐 하늘같이 느껴졌던 선배들도, 마냥 어리게만 보였던 후배들도, 이제 다 친구 범위 안에 들어왔다.

'행복한 가정은 모두 비슷한 이유로 행복하지만 불행한 가정은 저마다의 이유로 불행하다'는 톨스토이의 『안나 카레니나』의 유명한 구절처럼 항상 잘 사는 것처럼 보이는 나의 친구들도 다들 그들만의 아픔이 있다. 직장에서, 가정에서, 건강 때문에, 사람 때문에, 과거 때문에, 미래 때문에……

지난여름 어느 날, 오랜만에 대학 시절 친구들을 만났다. 십수 년 만에 본 친구들도 있었지만 그간 소원했던 시간을 어색해할 겨를도 없이 마주 보고 앉아 수다꽃을 피웠다. 밤이 깊어지자 이야기도 깊어졌다. 저마다의 불행한 이유가 흘러나왔다. 사업이 망해 빚더미에 앉은 친구 하나, 배우자의 외도로 이혼을 고민 중인 친구 하나, 직장에서 부당한 대우를 받으며 힘들어하는 친구 하나, 부모님의 병간호에 지쳐 있는 친구 하나, 그리고 암에 걸려 죽을 뻔한 나.

친구들은 각자의 사정을 숨김 없이 털어놓고, 편견 없이 들어주었다. 비교 없이 공감하고, 판단 없이 다독여주고, 또 같이 울어주었다. 각자 가진 아픔은 결코 아름답지 않았지만, 우리가 함께한 그날 밤은 아름다운 시간으로 기억된다.

비슷한 시기에 사회생활을 시작해 오랜 기간 부대끼며 지낸 회사 친구들도 큰 위로가 되긴 마찬가지다. 직장 동료 간 시기와 질투, 경쟁과 갈등이 만연한 경우도 많겠지만, 어쩌면 가족들보다 더 오랜 시간을 함께한 나의 직장 동료들은 서로 보듬어주는 친구가 된 지 오래다.

'암밍아웃' 이후에도 "아픈 척하면 가만두지 않겠다", "울기만 해봐", "내가 널 이렇게 약하게 키웠더냐"와 같이 평소와 다름없는 농담을 던지며, 모임을 할 땐 맥주 대신 마실 탄산수를 미리 준비해 오는 속 깊은 친구들. 이 친구들과 함께라면 "쟤보다 내가 낫지에서 '쟤'를 담당하는 건 나"라는 방정맞은 말도 아무렇지 않게 하며 낄낄거릴 수 있다. 무엇보다도 어느 때고 나를 똑같이 대해주(려고 노력하)는, 남의 사정을 함부로 재단하고 평가하지 않는 같이 늙어가는 내 친구들이 난 너무 좋다.

부록 같은 인생, 더 재밌게 살아야지

나이 마흔을 일컫는 '불혹'을, 누군가는 인생의 '부록'이라고 한다. 한국인의 평균수명이 82세라고 하니, 내가 암 진단을 받은 나이인 마흔하나는 정말로 청춘의 정점을 찍고 인생의 반환점을 돌았던 시기다. 큰 병을 앓고 나니 정말 그 말이 더 실감 난다.

하지만 부록이 단순히 본편에 딸려 오는 덤에 불과할 뿐일까. 본편이 끝났다고 해서 모든 것이 끝난 게 아니다. 오히려 이 시기는 내가 그동안의 삶에서 미처 깨닫지 못했던 것들을 돌아보고, 진짜 원하는 것들을 찾아가기에 더할 나위 없이 좋은 시간이다. 과거에 얽매이지 않고, 남의 시선에 휘둘리지 않으며, 내게 남은 시간을 어떻게 사용할지 진지하게 고민하는 시기. 부록이 본편보다 더 가치 있을 수 있는 이유다.

큰 병을 겪으면서 삶의 끝자락을 엿보았고, 그 경험은 나를 단단하게 만들었다. 마흔을 넘어 얻은 부록 같은 인생, 이제 더 재밌게 살 작정이다. 그렇다고 욕심은 부리지 않을 거다. 그냥 흘러가는 대로, 적당히 만족하며, 그러나 나태하지는 않게, 의미를 찾으며 말이다.

아파만 하기에는
날씨가 너무 좋아서

초판 1쇄 인쇄 2025년 3월 28일
초판 1쇄 발행 2025년 4월 3일

지은이 강현성
펴낸이 이수철
주　간 하지순
교　정 구경미
디자인 박예진
영업관리 최후신
콘텐츠개발 전강산, 최진영, 하영주
영상콘텐츠기획 김남규
관　리 진호, 황정빈, 전수연

펴낸곳 나무옆의자
출판등록 제396-2013-000037호
주소 (10449) 경기도 고양시 일산동구 호수로 358-39 동문타워1차 703호
전화 02) 790-6630 팩스 02) 718-5752
전자우편 namubench9@naver.com
인스타그램 @namu_bench

ISBN 979-11-6157-221-5 03810